Im Arm meines Vaters und meiner Mutter entdeckte ich meine Welt. Vor dem offenen Küchenfenster im zweiten Stock der Villa Gschwender in der Nebelhornstrasse.

„Schau, Butz, da drüben ist die Frau Vogler, die ihre Hühner füttert in ihrem Garten."

„Schau da rennt der Albert mit seine Feuerwehruniform und springt auf sein Fahrrad. Und da laufen schon die ersten Gäst zur Nebelhornbahn."

„Schau, Butz das ist der Herr Pfarrer der da sein Fahrrad schiebt."

Ingrid LL Weissenberger

DAS
KÜCHENFENSTER

und andere Geschichten

Kindheitserinnerungen aus
Oberstdorf

Publisher: tredition GmbH, Halenreie 40-44, 22359 Hamburg, Germany

ISBN
Paperback: 978-3-347-21216-9
Hardcover: 978-3-347-21217-6
eBook: 978-3-347-21218-3

Bibliografische Information der Deutschen National-bibliothek: Die Deutsche Nationalbibliothek verzeichnet diese Publikation in der Deutschen Nationalbibliografie; detaillierte bibliografische Daten sind im Internet über http://dnb.d-nb.de abrufbar.

Für Sierra und Eden

Inhalt

Wenn ich als Kind früh aufwachte und aus dem Küchenfenster schaute, wenn der Himmel über dem Rubihorn gerade rosig wurde, sah ich oft zwei ganz alte Schwestern, die unten auf der Nebelhornstrasse in die Berge gingen. Ihre Bergschuhe waren schwer, aber sie liefen geräuschlos. Im Winter hatten sie am Rucksack die Skier mit Steigfellen.

Das Küchenfenster

Ich steck gerade mein letztes Schulheft in den Ranzen, als ich meinen Namen hör. Schnell mach ich das Küchenfenster auf. Ein Schwall von warmer Luft kommt in die Küche. Er riecht nach nassem Staub und erzählt vom Sommer. Am Nebelhorn schaut der letzte Schnee aus wie Gold. Unten an der Strasse stehen meine Freundinnen.

"Beeil Dich. Wir kommen zu spät."

Ihre Fahrräder glänzen in der Sonne. Heute is ein grosser Tag. Wir fahren zum ersten Mal wieder mit dem Fahrrad in die Schule. Der Schnee ist weg, Das Kies und das Salz von der Strasse gewaschen. Das ganze Wochenende haben wir die Räder geputzt. Mit der Paste aus der verschrumpelten alten Tube haben wir das Chrom so poliert, dass wir uns darin sehen können. Als ich aus der Küche renn, erwischt mich Mama. Ich muss eine Strickjacke anziehen.

"Aber Mama, es ist doch Frühling."

Als ich die Treppe hinunterrenne, hör ich noch etwas von Wetterumschl......... Und dann bin ich draussen. Meine Freundinnen lachen, die Fahrräder glänzen und die Sonne wärmt das Dorf. Beim Vogler in der Schneiderei, unterhalb der Strasse, schneiden Albert und sein Vater mit grossen Scheren den Stoff für einen Anzug. Wir wollen gerade über die Strasse, als wir den Lastwagen hören. Voll mit Kies rast er um die Kurve. Mit weiten Augen rennen wir auf die andere Seite und beeilen uns loszufahren. Unsere Eltern haben uns gewarnt. Da kommen jetzt Laster mit Anhänger. Der Luftzug dazwischen kann einen leicht mit hineinziehen. Also Absteigen und das Fahrrad auf den Geh

steig ziehen. Aber wir radeln so schnell, dass wir schon an der Stempflekreuzung sind, bevor der nächste kommt. Ab und zu ein Auto und sonst Stille. Ich halte an und zieh die Strickjacke aus. Ganz durchgeschwitzt bin ich. Ich klemm sie vorsichtig in den Gepäckständer. So ein Strickjackenärmel hat schon mehrere vom Fahrrad geschmissen als er sich in den Schpeichen verhängt hat. Und die schöne neue Jacke wär auch verrissen. Ich träum davon so ein Körble zu haben, das man hinten einklemmt für den Schulranzen und die Jacke.

Um den Bahnhof herum sind schon mehr Schüler. Beim Fischer auf der Terrasse prosten ein paar Abiturklässler auf den Frühling. Auf der geraden Strasse lassen wir es sausen. Wir strecken unsere Füss aus und unsere Haare fliegen im Wind. Die Föhnwolken in einem strahlendblauen Himmel zeigen uns die Richtung. Ich lache als ich mich an unseren ersten Schultag erinnere.

Wir hatten damals solche Angst zu spät zu kommen. Grad an dem Tag hatte uns ein Wolkenbruch erwischt. Zwischen Gartenhägen, Stacheldrat und Wiesen gab es keinen Unterstand. Die Tropfen waren schwer und eiskalt. Zu rennen hatte schliesslich gar keinen Sinn mehr. Patschnass standen wir vor der geschlossenen Glastür. Dahinter lief Herr Kosik vorbei und wollte eigentlich garnicht aufmachen. Aber dann hatte er gesehen, wie nass wir waren. Er hatte uns sogar heisse Schokolade gemacht, um uns aufzuwärmen, bevor die anderen Schüler hereinströmten. Wir waren über eine Stunde zu früh da.

Während wir unsere Fahrräder abstellen, machen wir Pläne. Am nächsten Sonntag werden den wir eine Fahrradtur machen. An der Iller entlang nach Fischen.

Als ich am nächsten Tag das Küchenfenster aufmach schimpft Mama, weil ich die erste Wärme vom Küchenherd hinauslasse. Unten auf der Strasse stehen meine Freundinnen im Schnee und schauen unter ihren Kapuzen heraus.

Das Küchenfenster 2

Am Ostersamstag sitzen wir alle in der Küche. Am Fenter laufen die Tropfen herunter und fallen aufs Fensterbrett. Der Himmel hängt so dunkel und schwer, dass sogar beim Vogler das Licht an ist in der Scneiderei. Der Dampf in der Küche riecht nach Essig. Mama hat grad noch die letzten Farbtabletten im Lädle erwischt. Der Küchentisch hat zwei Lagen Allgäuer. Eine Stückle Speck liegt auf seinem Fettflecken. Auf dem Küchenherd steigt der Dampf auf vom Topf voll weisser Eier. Mir tut der Hals weh vom Eier ausblasen. Auf der Anrichte steht der Osterstrauss. Mama hat es wieder geschafft grad zu Ostern Palmkätzle und Forsitzienblüten auf ihrem Strauss zu haben. Mitten im Winter und im Schnee hat sie die Zweigle geholt. Ich hänge mein erstes Ei an den Forsitzienzweig. Das Wasser in der alten Glasvase ist schon voller Wurzeln.

Mein Jesus ist mir nicht gut gelungen. Aber dafür hab ich gelbe Blumen aufs Ei gemalt. Papa sitzt da mit seinem alten Malkasten von Aquarellfarben. Der Pinsel hat nur ein paar Haare. Langsam entsteht eine ganze Landschaft mit unseren Bergen und Wiesen. Und mittendrin der Jesus und seine Mutter unter dem Kreuz. Ich möcht das Ei so gern morgen mitnehmen in die Kirche und es weihen lassen. Die Wahrheit ist, ich möchte damit angeben, weil es so schön ist. Aber Oma hat gesagt ein leeres Ei weihen zu lassen…..und hat dabei den Kopf geschüttelt. Mama holt das erste gekochte Ei aus der roten Farbe. Es glänzt auf dem Löffel. Wir strahlen alle. So ein schönes rot ist es diesmal. Ein kleiner Kurgast darf den Speck drauf reiben und verbrennt sich die Finger. Und das blaue ….?

"Ahhh", sagen alle.

Nach und nach ist der Tisch voller Eier in allen Farben. Ich kann es kaum erwarten morgen mit Oma und meinem Körble in die Kirche zu laufen. Vor dem Küchenfenster fallen die ersten Tropfen.

Wir sind jeden Tag mit dem Fahrrad in die Schule gefahren. Auch wenn Mamas Scneeglöckle wieder weiss auf weiss da standen und das Rad unsere Füss mit Schneematsch bespritzt hat. Mit dem Ranzen und dem Schirm sind wir gefahren und sassen den ganzen Morgen mit nassen Schuhen da. Aber wir haben es nicht aufgegeben.

Als ich am Montag Morgen in die Küche komm, leuchtet das Fenster. Vom Grünten her kommt ein starker Wind das Tal herauf. Unten stehen meine Freundinnen mit ihren Fahrrädern. Sie grinsen stolz. Jetzt kommt doch der Sommer.

Das Küchenfenster 3

Meine Freundinnen trampeln die Stiege herauf und sind ganz aufgeregt. Heute machen wir endlich eine Tour. Eine Brotzeit haben sie dabei und eine Sprudelflasche voll Himbeersirup mit Wasser. Mit einem neuen Gummi, damit sie nicht ausläuft wie beim letzten Mal. Sie lehnen sich zum Fenster hinaus.

"Schau wie schön der Himmel ist. Sogar der Herr Pfarrer fährt mit dem Fahrrad."

"Herr Pfarrer", ruft die eine.

Bis in den zweiten Stock hören wir wie seine Bremse quietscht. Sorgfältig steigt er ab und schaut herum. Dann steigt er wieder auf.

"Herr Pfarrer", ruft die Freundin wieder.

Der Herr Pfarrer hält wieder an und dreht sich um. Keiner ist auf der trockenen Strasse.

Schliesslich schaut er in den Himmel hinauf und fährt weiter. Wir halten uns alle den Mund zu, weil wir so lachen müssen und gerade da kommt Papa in die Küche.

"Was, nach Fischen wollts Ihr. Überm Söllereck stehen schon die Wolken. Weiter als auf den Kühberg könnts Ihr heut nicht fahren."

"Gruben", schlägt eine vor.

Aber an dem Krach vom Kieswerk will keine vorbei. Ausserdem sind die Laster zu gefährlich.

"Da bin ich ganz erschottert", sagt eine und wir lachen wieder bis uns die Luft ausgeht.

Gestern morgen hab ich ganz vorsichtig die Tür aufgemacht. Zum Ostersonntag hängt uns Oma immer einen Zopfkranz an die Türklinke. Ein Stückle ist noch da. Mit einer dicken Schnitte Butter wird das jetzt meine Brotzeit. Ich hol eine der gefalteten Papiertüten aus der Schublade und auf gehts zum Kühberg. Den Zick Zack Weg hinauf schieben wir. Als wir oben aus dem Wald kommen, hat sich unsere ganze Welt verändert. Der Himmel ist riesig und das Dorf klein. Wir fühlen uns viel grösser da heroben mit unserer Schule im

Hintergrund und den Dächern von all den Häusern, in denen unsere Freunde wohnen. Wir sitzen auf grossen Steinen, weil sonst doch der Hintern noch nass wird. Ein paar Häsle rennen vorbei. Vom Dorf herauf kommen ein paar Laute und sonst ist Stille. Auf dem Heimweg rasen wir die Strasse hinunter zur Sprungschanze und dann noch schneller den Berg hinunter. Die Kälte vom Faltenbach her brennt in den Augen. Der Wind bläst sogar durch das Jäckle, auf das die Mama bestanden hat.

Mein Fahrrad hab ich in den Keller gebracht und ich lehne mit Papa auf dem Sims vom Küchenfenster. Die Nachbarinnen kämpfen mit den Leintüchern auf der Leine. In der Ferne blitzt es schon. Die ersten Tropfen fallen schwer auf die Nebelhornstrasse und lassen dunkle Flecken. Der Geruch vom nassen Staub steigt herauf, der Geruch vom Sommer.

Das Küchenfenster 4

Sommer ist erst wenn das Moorbad offen ist. Aber schön warm ist es jetzt schon. Das Fenster ist weit offen und ich mach meine

Hausaufgaben auf dem Küchentisch. Von der Strasse herauf kommen die Stimmen der Kurgäste, auf dem Weg zur Nebelhornbahn.

In unseren neuen Sommerkleidern fahren wir jeden Tag mit dem Rad in die Schule. Bis jetzt noch mit Kniestrümpfen und Jäckle. Die Tour nach Fischen haben wir schliesslich doch gemacht, an der Iller entlang. Und auch nach Gruben sind wir geradelt, aber über den

Kühberg. Sogar am Freibergsee waren wir, weil das Moorbad schon so lang braucht, bis es endlich aufmacht. Wir haben ganz trotzig unsere Badeanzüge angezogen und sind vorsichtig, ausserhalb der geschlossenen Badeanstalt, ins Wasser gegangen. Bis zu den Knien, dann hatten wir Wadlkrämpfe und sind schnell wieder raus. Wir haben fast bis zu den Fahrrädern gezittert. Das dürfen die Eltern natürlich nicht wissen. Die Freundin hat am letzten Samstag schliesslich die Geschichte mit dem Herr Pfarrer gebeichtet. Am Sonntag hat er uns ganz traurig angeschaut. Enttäuscht sah er aus. Mir wärs lieber gewesen, er wäre sauer. Im Garten blühen schon die Tulpen und darunter liegen, in vielen Farben, die Schalen der geweihten Eier. Papas Stolz, sein Birnbaum, hat auch schon Blüten.

Die Mathe Aufgaben sind schon furchtbar schwer. Da hör ich die Glocke. Schnell geh ich zum Fenster. Und da kommt schon der Albert und schubst sein Fahrrad auf die Strasse. Wie ein Cowboy auf sein Ross springt er aufs rollende Rad. Im Fahren knöpft er die Uniform zu. Irgendwo brennt es in Oberstdorf. Gleich danach hört man die Sirenen. Wie damals als das Bergkristall abgebrannt ist. Ich stand mit Mama im Garten Zwischen Horles Bäumen konnten wir das Feuer sehen. Und da kam auch schon der Wagen von der Feuerwehr, ganz langsam am Berg entlang.

Und dann hielt er an. Er war auf dem schmalen Weg im Schnee steckengeblieben. Ich war noch ganz klein, aber seitdem hab ich Angst vorm Feuer.

Frau Vogler, Alberts Mama, füttert ihre Hühner im Garten. Wenn ich gross bin, will ich auch Hühner haben. Ich möcht so gern wissen, ob das, was die Lausbuben gesagt haben, wahr ist. Sie haben behauptet, dass der Dotter von den Eiern grün wird, wenn die Hennen Maikäfer fressen. Eine ganze Schuhschachtel von den Käfern haben sie gesammelt und heimlich Voglers Hennen gegeben. Aber nach der Geschichte mit dem Pfarrer, sag ich lieber nichts und beug mich wieder über meine Mathe Aufgaben. Ach, wenn doch das Moorbad endlich auf wär.

Das Küchenfenster 5

Und plötzlich ist er da, der Sommer. Wir lassen alle Fenster offen, aber die Zugluft kommt nicht. Die Hitze sitzt im Talkessel. Wir betteln jeden Tag um Hitzefrei. So ein extra Tag Freiheit wäre wie ein Geschenk. Das Moorbad ist endlich offen. Wir stehen am Beckenrand. Wir haben es so geplant, dass wir all zusammen reinspringen, aber wir traun uns nicht. Da |kommt doch so ein Lausbub und schmeisst uns rein. Im Fallen hör ich die Pfeife vom Bademeister. Die Welt ist moosgrün von unten gesehen. Zitternd klettern wir aus dem Becken. Wir legen uns auf unsere Handtücher und warten darauf, dass uns die Sonne aufwärmt. Bloss die Füss tun wir später ins Wasser, während wir an den Weissen Mäusen lutschen bis sie ganz lang und dünn sind. Auf dem Rückweg verreiss ich mein Kleid, als wir beim Anwander über den Zaun steigen. Das Kleid ist vom letzten Sommer und alleine krieg ich den Reissverschluss nicht mehr zu.

In der Schule fühlt sich mein Sommerkleid an wie Sandpapier. Wir haben unseren ersten Sonnenbrand. Eine Woche später ziehen wir uns gegenseitig die alte Haut ab. Wir schauen wer das grösste Stück erwischt.

Es ist jetzt so heiss, dass wir die Fenster Tag und Nacht auflassen. Abends sitzen wir auf dem Küchensofa. Mama macht das Licht aus zum Fernsehen. Zwei Schnaken schweben zum Fenster herein und machen den Krimi noch grusliger.

Ein schreckliches Geschrei weckt mich auf in der Nacht. Ich renn durch die Wohnung zum Küchenfenster. Mitten auf der Strasse laufen Kurgäste vom Trettachstüble.

"Oh Du schöner We he he sterwald",

schreien sie.

Die Ruhe kommt langsam wieder. Der Voll-
mond macht die Nachbarschaft zu einem blau-
weissen Bild.

Mama zieht uns immer wieder auf den
Balkon. Sie ist so stolz auf ihre Geranien.
Schon den dritten Sommer hat sie die gleichen.
Liebevoll im Keller gelagert und von Ablegern
gezogen. Der Himmel strahlt so, dass man ihn
kaum anschauen kann. Und dann sind endlich
Sommerferien. Unsere Haut, nach mehreren
Sonnenbränden, ist jetzt dunkelbraun. Nur mein
Gesicht ist jeden morgen wieder weiss.

"Wie s Kätzle am Bauch", sagt Mama
besorgt.

Am Moorbad sind wir fast immer im
Wasser. So lange bis wir schnatternd mit blauen
Lippen und zitternd dastehen, mit unseren
kleinen Handtüchern. Wir zittern so, dass die
Salami aus dem Butterbrot fällt. Aber kaum
sind wir ein bissle aufgewärmt, springen wir
wieder ins grüne Wasser. Am Beckenrand sind

die Kaulquappen wieder da. Und oben am Kanal, wo das Wasser aus dem Weiher kommt sind sogar schwarze Molche in den Wurzeln der Weide. Am Sonntag sitzen wir hinter den Geranien auf dem Balkon beim Frühstück, als der Hubschrauber kommt. Vor uns landet er in Beslers Wiese und holt die Bergwacht. Unsere aufgebackenen Sonntagssemmel, das Tischtuch und die Teller fliegen um uns herum. An der Wand rutscht der Butter herunter. Wir tragen alles in die Küche. Hunger hat jetzt keiner mehr. Die Bergwächtler schauen so ernst aus. Irgendwo da droben hängt ein Bergsteiger, der sich in einer Wand verstiegen hat. Dass er vielleicht gefallen ist, darán will niemand denken. Die Bergwächtler werden ihn retten. Der Motor des Hubschraubers klingt wie ein Herzschlag vom Oytal her. Wir stehen da und warten und hoffen. Papa erzählt von der Zeit, bevor die Hubschrauber kamen. Als die Bergwacht noch mit Fackeln hinauflief zur Fischerrinne, die so gefährlich war.

Vom Küchenfenster aus konnte man die Kette von Fackeln sehen, wie sie den Berg hinauf zog.

Mama wäscht das Geschirr und ich trockene es. Aber mit einem Ohr horchen wir nach dem Hubschrauber. Und plötzlich fliegt er ganz nah über uns und am Krankenhaus vorbei in Richtung Grünten. Traurig schauen wir einander an. Das ist keine gute Nachricht. Mama wird erst am Morgen beim Semmelholen erfahren was passiert ist.

Das Küchenfenster 6

Heut gehn wir nicht ins Moorbad, sondern wir fahren zum Freibergsee. Ich bin noch im Nachthemd, als die Freundinnen zum Fenster herauf rufen. Der Himmel strahlt, die Freundinnen auch. Kein Wölkle ist am Himmel. Heute wird uns kein Gewitter aus dem Wasser jagen. Mama macht mir noch schnell ein Wurstbrot und steckt es in meine Badetasche. Dann renn ich die Treppe hinunter. An der Halde vorbei radeln wir bis zum Boxler und steigen ab. Wir hoffen immer die Pferde zu sehen. Im Hof steht eines mit mächtigen Hufen. Am Marienbrunnen trinken wir noch schnell und dann radeln wir an den Kapellen vorbei und hinter bis zu den Krottenbleach wo wir unsere Fahrräder lassen. Wir rennen fast den Hang hinauf. Seitenstechen bremst uns schliesslich. In der Lichtung steht der Fingerhut. "Digitalis", hat meine Oma gesagt. Das hat ihr Papa fürs Herz genommen. Die Luft is voller Insektenstimmen.

Dann tauchen wir wieder in den Schatten der Bäume und da liegt er vor uns, der Freibergsee. Den Hang rennen wir hinunter. Wir legen unsere Handtücher mitten auf die Wiese, dort wos am wärmsten ist. Die Umkleidekabinen riechen nach nassem Fichtenholz und Gummi von den Badekappen. Jedesmal wenn ich meine anzieh, fällt wieder eine Blume weg. Ganz kahl ist sie schon auf einer Seite. Vorsichtig steigen wir ins Wasser. Das Holz ist glitschig und dann sind wir im See.

"Saukalt", schnattert die Freundin.

Ihre Lippen sind jetzt schon blass. Als wir rauskommen, können wir nicht aufhören zu zittern. Unsere Lippen sind jetzt blau. Wir legen unsere Handtücher auf die Bretter und schauen zwischen durch. Grosse Fische schwimmen unter uns vorbei und darüber sind Streifen von unseren Gesichtern. Tante Bertl sitzt auf der Liegewiese mit ihrer Freundin Traudl. Sie erzählen uns, dass sie früher oft bis zur anderen Seite geschwommen sind. Als es uns wärmer ist, beschliessen wir es auch zu tun. Schon nach ein paar Metern fühlen wir die Tiefe unter uns.

Wir schaun uns an und ziehen die Augenbrauen hoch. Dann schwimmen wir weiter. Hinter uns pfeift jemand. Und dann schreit irgend jemand. Wir drehen uns um. Am Geländer stehen Leute und winken. Ein Mann schwimmt ganz schnell auf uns zu:

"Ja sagts amal spinnts Ihr? Zrück!"

Wie Kälble jagt er uns wieder zur Badeanstalt. Ganz gschämig sitzen wir im hintersten Eck. Wir trauen uns nicht mehr ins Wasser. Wir sind ganz froh als eine Gewitterwolke plötzlich überm Wald erscheint. Und schon kommt der erste Donner. Alle rennen zu den Kabinen. Auf dem Holzboden hören wir das Trampeln von nackten Füssen. Aber wir waren schneller. Als erste rennen wir den Hügel hinunter über die Abkürzung. Wir radeln so schnell wir können. Letzte Woche haben wir uns in der mittleren Kapelle von Loretto versteckt vor dem Gewitter. Während es draussen blitzte und der Himmel so voll war, dass es in der Kapelle fast dunkel war. Unsere Augen waren ganz gross vor Angst. .

Aber heute sind wir schneller. Das Wurstbrot war nicht genug. Wir haben alle Hunger. Die Wiese nach dem Boxler schaut so saftig aus wie ein frischer Salat. Da wo Rudi im Winter seine kleinen Schanzen baut, stehen die Haselnusssträuche. Wir halten an und schauen, aber die Nüsse sind noch ganz klein und grün. Wir saugen an den Blüten vom Klee und schauen dem Gewitter zu, wie es über dem Hügel vom Freibergsee wütet. Aus der Wiese steigen die Bremsen auf und stechen unsere Beine. Dann fahren wir heim. Ich ess schnell und warte auf die anderen. Mein Köfferle liegt schon auf dem Küchentisch. Es ist rot mit weissen Punkten und aus Pappkarton. Mit grossen Stichen ist es genäht. Füher waren alle meine Spielsachen darin, ausser meinem Teddy. Aber jetzt enthält das Köfferle meine Barbie Puppen. Zwei Barbies und eine Peggy, eine Rolle Faden, zwei Nadeln und Stoffreste.

Während vor dem Küchenfenster die dicken Tropfen fallen, nähen wir Barbiekleider. Ein Stückle Spitze von einem alten Nachthemd wird zum Hochzeitskleid. Ein alter Socken zum Pulli. Zwei Finger von meinem alten Handschuh werden zur Hose. Plötzlich leuchtet die Welt draussen. Ein Blitz ist auf eine Scheune gefallen und rollt vor unseren Augen übers Dach hinunter und mit einem lauten Krach fällt er ins Gras. Am nächsten Morgen laufen wir wieder zum Moorbad

Das Küchenfenster 7

Sich vorzustellen, dass so ein Sommer zu Ende geht, ist wie sich an Zahnweh erinnern. Es ist unmöglich. Unsere Haare fliegen in der weichen Sommerluft, wenn wir mit dem Fahrrad wieder zum Freibergsee fahren. Die Krottableach sind jetzt riesig. Das Gras steht hoch. Ein paarmal gehen wir mit einer Freundin zum Heuben auf ihrer Wiese. Abends sitz ich auf dem Balkon und lese: "Der Mond der Teppich und der Duft von Jasmin". Aus dem Garten steigt der Geruch von Omas Jasmin bis in den zweiten Stock herauf. Der kleine Nachbar übt das Kiah lend Üs zu blasen. Von der anderen Seite der Wiese kommt der Klang des Dengelns. Die Glocken läuten und die Luft ist so golden, wie sie nur an solchen Sommerabenden in Oberstdorf sein kann.

Aber nach einem grossen Gewitter wird es nicht mehr heiss. Und als ich morgens in die Küche komme ist das Fenster zu. Eigentlich wollten wir ans Moorbad, aber die Eltern haben beschlossen uns nach Kempten zu schicken, ins Kaufhaus. Im Allgäuer steht das Schlussverkauf ist und wir brauchen neue Anziehsachen für den Schulanfang. Papa und Mama sagen mir nochmal, wie sehr sie mir vertrauen, so ganz alleine mit den Freundinnen bis nach Kempten zu fahren. Ganz eng beieinander laufen wir zum Bahnhof. In unseren Taschen wird das viele Geld ganz feucht, so hart halten wir es. Am Lädle halten wir an und kaufen Dubble Bubble. Es ist schliesslich ein besonderer Tag. Am Bahnhof schauen wir noch einmal die Zeiten nach, Hin und Rückfahrt. Ganz stolz kaufen wir unsere Fahrkarten. Im Zug machen wir die Fenster auf und wickeln vorsichtig den rosaroten Dubble Bubble aus. Die Bildle im Papier streichen wir glatt, obwohl kaum etwas zu erkennen ist. Die Blasen gelingen keiner von uns. Wir stecken die Köpfe aus dem Fenster, bis wir ganz verwurschtelt sind.

Nach Stunden kennen wir das Kaufhaus auswendig. Zusammen beschliessen wir, was wir kaufen. Eine Freundin und ich kaufen genau das gleiche Kleid. In einer Schachtel liegen Handschuhe. So ein Glück, in einem Sommerschlussverkauf. Mit den grossen Tüten rennen wir bis zum Bahnhof. Der Zug ist ganz schön voll. Wir laufen durch die Waggone und suchen Platz für uns alle. Ah, endlich, ein Waggon, der fast lehr ist. Wir sind stolz auf unsere Einkäufe und ziehen alles aus den Tüten. In Immenstadt hält der Zug lange an, aber wir sind glücklich und reden ganz aufgeregt. Verfahren können wir uns ja nicht, denn Oberstdorf ist Endstation. Ein Schaffner kommt und zwickt die Karten. Und so erfahren wir, dass wir auf dem Weg zum Bodensee sind. Erst in Oberstaufen können wir aussteigen. Der Schaffner will das Geld für den Umweg. Aber wir haben alles im Kaufhaus ausgegeben. Er ist so unfreundlich, dass mir die Tränen kommen. Jetzt werden wir sicher eingesperrt. In Oberstaufen ruft eine ihren Opa an. Er kommt wortlos, nachdem es schon dunkel ist. Und wortlos fährt er uns heim. Ich schäm mich furchtbar. Zum Glück hatten wir noch Münzen fürs Telephon.

Bei mir daheim steht das Telephon im ersten Stock bei meiner Oma und meiner Tante. Meine Oma redet lauter, je weiter weg die Leut sind, die anrufen. Ganz gschämig schlepp ich mich die Treppe hinauf. Ich freu mich garnicht mehr über die neuen Sachen. Mama und Papa beschliessen, dass wir halt doch noch zu jung sind für so eine Fahrt. Die Idee mit der Fahrradtour zum Bodensee können wir jetzt vergessen. Und nach Oberstaufen wollen wir alle nie wieder.

Alles purzelt übereinander. Der Viehscheid und der Schulanfang. Wir sind ganz aufgeregt. Neue Lehrer haben wir. Von manchen haben wir schon viel gehört. Gutes und Böses. Wir stehen auf dem Marktplatz und wie jedes Jahr müssen wir uns entscheiden. Hofmann oder Volderauer für die Schulhefte. Volderauer beschliessen wir schliesslich. Wir ölen unsere Fahrräder und packen unsere Schulranzen mit den neuen Büchern. Innen drin steht, wer sie vor uns gehabt hat. Manche der Schüler sind jetzt schon in der Abiturklasse. Abends hilft mir

Mama beim Einbinden. Es wäre eine Schande, wenn ich am Ende des Jahres eine Strafe zahlen müsste, weil das Buch lädiert ist. Dass sie das Buch zahlen müssen, das passiert nur den Buben. Und als wir endlich alles fertig haben und wir noch ein letztes mal ins Moorbad gehen könnten, ist es zu. Als ich morgens das Küchenfenster, aufmache kommt eine kalte Luft herein und bläht mein Nachthemd auf wie einen Ballon

Oben auf dem Nebelhorn liegt ein bissle Schnee, wie der Puderzucker auf einem Gugelhopf.

"Also, Kind. Mach doch das Fenter zu, sonst erkältest Du Dich ja."

Mama schaut noch schnell hinaus.

"Hoffentlich bringen sie die Küh noch rechtzeitig herunter"

Das Küchenfenster 8

Morgens ist das Fenster zu und Mama hat schon ein Feuer im Herd gemacht. Es war so schön am Tag vom Viehscheid am offenen Fenster zu stehen und in der Stille des Morgengrauens nach den Glocken zu lauschen. Mama wusste genau welche Alpe es war, deren Schellen man wie Herzschläge hörte. Zum Viehscheid hab ich eine Ausrede erfunden – eine Hausaufgabe. Für mich sind es zu viele Leut, nicht genug Küh. Ich schau ihnen lieber vom Fenster aus zu, wie sie ganz müd unten vorbeilaufen. Manchmal überkommt eine das Heimweh, der Duft vom Stall und sie rennt und schubst die anderen. Die, die am Viehscheid angebunden dastanden, hatten sich sicher schon auf ihren Stall und das frische Heu gefreut.

Meine Ferundinnen rufen von unten. Ich renn die Treppe hinunter und gleich wieder hinauf. Wir tragen heute Gummistiefel. Es wird regnen, hat eine erfahren. Ich hab eine Tüte dabei als

Überraschung. Ganz hinten im Garten habe ich einen schwarzen Johannisbeerstrauch entdeckt, der in der Eile vom Pflücken vergessen wurde. Die Beeren sind verhuzelt, aber so süss. Die ganze Woche lang hat das Haus nach Himbeersirup and Johannisbeergelee gerochen. Sogar beim Geruch vom heissen Weckgummi, läuft mir das Wasser im Mund zusammen.

Mit Stiefeln und Kotzen kommen wir in die Schule. Mittags sitzen wir im Schulhof im Schatten und ziehen unsere Pulli aus. Auf dem Heimweg schwitzen wir auf dem Fahrrad in der Sonne, die uns aus einem wolkenlosen Himmel auslacht mit unseren Gummistiefeln. Am Samstag nieselt es und ans Fenster treibt der Wind Flöckle und Tropfen. Am Sonntag ist der Himmel fast dunkelblau. Wir sind an der Halde und suchen Haselnüsse. Viele sind nicht mehr da. Die Eichkätzle sind uns zuvorgekommen. Wir essen sie alle unter den Boschen und hauen sie mit zwei Steinen auf. Papa schaut jeden Tag seine Birnen an. Er lässt sie immer im ersten Frost draussen. Dann sind sie süsser. Manchmal stell ich mir den Birnbaum vor, wie er aussehen würde, wäre er am Bodensee gewachsen. Da fahren wir jedes Jahr hin und kaufen ganze Kästen von Äpfeln. In der Speisekammer eingelagert, verbringen sie den Winter. Die ganze Küche riecht, wenn Mama die Tür aufmacht. Die griechischen Pfirsiche leuchten in ihren Weckgläsern im Licht der Küchenlampe. Nur Mama darf an die Speisekammer. Das Pflaumenmus aus den Pflaumen vom Bodensee hat Schimmel. Wie eine graue Haut liegt er drauf. Sie zieht sie mit einem Löffel herunter und wir essen es trotzdem.

Der nächste Tag, auf den wir uns freuen ist der Gallusmarkt. Ich hab das Geld von meinem Geburtstag in der Manteltasche und Oma hat mir auch noch etwas zugesteckt, als ich an ihrer Tür vorbei ging. Wir wissen genau was wir wollen, aber zuerst gehen wir schon ganz früh zum schauen, ob es etwas neues gibt. Der Mann mit dem türkischen Honig ist noch nicht da. Die Frau mit den Muscheln stellt gerade ihre Gläser auf den Tisch. Im Wasser sind die Muscheln schon offen. Ein ganz kleines

Plastikfischle schwimmt an der Oberfläche. Am Faden schweben die Blüten in allen Farben. Sie kosten immer noch das gleich wie letztes Jahr. Ein Mann verkauft kleine Hasen aus Seife. Er verspricht, dass sie später, wenn wir wiederkommen, ein Fell haben. Das Magenbrot ist ganz frisch und man riecht es von weitem. Um die Unterhosen machen wir einen Bogen. Wie Wäsche hängen sie an einer Leine und bewegen sich im Wind. Wenn sie neu sind glänzen sie wie Seide in Rosa, Himmelblau und Lindgrün. Innen sind sie ganz flauschig. Die werden die Mamas nachher kaufen. Im Winter, beim Schlittenfahren sind wir froh darüber, aber heut schämen wir uns. Und dann stehen wir plötzlich am Ende vom Markt. Viel zu kurz ist er immer. Wir beschliessen zusammen die Muscheln gleich zu kaufen. Es wäre schad, wenn am Nachmittag keine mehr da sind. Für Papa kauf ich jetzt schon das Magenbrot und bring es ins Atelier. Er schimpft, weil er auf dem Diplom einen Fleck ausradieren muss mit dem Scalpell. Ich seh den Fleck garnicht. Aber bei Papa muss alles perfekt sein. Er erklärt mir wie hart der Bursch geübt hat, bis er das Diplom bekommen wird, wie stolz er sein wird und dass es sicher eingerahmt wird. Dann riecht er das Magenbrot, das ich hinter meinem Rücken verstecke. Ich weiss, er wird es ganz langsam essen und sorgfältig mit seinem Messer in dünne Scheiben schneiden. Unsere Eltern erinnern sich beim Essen immer an den Krieg. Ich steck eher ein grosses Stück Magenbrot in den Mund und saug den Zuckerguss ab. Dann schmilzt es richtig auf der Zunge wenn man lange genug wartet.

Nach dem Mittagessen sind so viele Leute da, dass man kaum die Tische sieht, nur was darüber hängt. Die Frau mit den Muscheln ist schon weg. Sie hat sie alle verkauft. Wir treffen an dem Platz eine Freundin, die ganz traurig ist. Wir haben alle noch die unsrigen in der Manteltasche und schenken ihr jede eine - die kleinen, die grossen behalten wir. Dann kommt der beste Moment. Es lohnt sich für den türkischen Honig anzustehen. Dieses Jahr hat er einen neuen, mit Pistazien. Wir lutschen um die Nuss herum und erwarten einen ganz neuen Geschmack. So eine Enttäuschung. Unsere Haselnüsse sind besser.

Am Nachmittag kommen wir nicht mehr. Es ist zu traurig, wenn ein Stand nach dem anderen einpackt und geht. So eine schöne bunte Welt, die plötzlich erscheint und dann verschwindet, alles an einem Tag.

Das Küchenfenster 9

Das Küchenfenster ist angelaufen und auf dem Fenstersims steht eine kleine Lache. Mama hat schon ein Feuer gemacht im Herd und ich stell mich davor mit meinen Händen auf der Ofenstange. Draussen ist es noch dunkel. Beim Vogler ist auch schon ein Licht an. Ein Auto kommt vorbei und schon am Klang hör ich, dass es wieder geschneit hat. Matschig hört es sich an. Auf dem Schulweg werden wir wieder vollgespritzt, wenn wir mit dem Fahrrad fahren. Aber zu Fuss ist es schon arg lang. Die Kälte steigt vom Holzboden auf. Die neuen Hausschuhe krieg ich wie jedes Jahr zum Nikolaus. Am Anfang sind sie iummer so schön flauschig. Ich freu mich schon drauf. Die alten sind ausgelatscht, wie meine Sommerschuhe. Eine neue Strumpfhose brauch ich auch. Durch die Wolle sieht man durch.

Ich wisch die Scheibe mit meiner Hand und das Wasser läuft aufs Brett. Meine Hausaufgaben hab ich auch nicht fertig. Das Englisch will einfach nicht in meinen Kopf und vor Fräulein Mix hab ich Angst. Ganz kurz mach ich das Fenster auf. Die kalte Luft beisst in der Nase. Sicher wird der Matsch später frieren. Das ist die Hölle mit dem Fahrrad. Mein flauschiges Nachthemd hat die Wärme vom Bett verloren und ich zieh mich schnell an. Ich denk an die Hirschbrunft, wo die Bäume gezittert haben mit der Stimme von einem mächtigen Hirsch. Bald werde ich sie beim Titscher wiedersehen, wo sie zur Hirschfütterung kommen.

"Etwas zu haben auf das man sich freuen kann, ist das Wichtigste im Leben", sagt Mama immer.

Unser Jahr ist voll davon. So steh ich heute abend wieder am Fenter und warte. In der Ecke der Glasscheibe ist das Wasser schon gefroren. Beim Neidhart riecht die ganze Bäckerei nach Lebkuchen. Im Lädle sind die ersten Mandarinen angekommen und mir läuft das Wasser im Mund zusammen, wenn die Tür aufgeht. Ich warte geduldig am Fenster. Papa holt den Schminkkasten aus der Schublade.

"Und?, fragt er.

Ïch schüttle den Kopf, ohne mich umzuschauen. Ich will den Moment nicht verpassen. Leise rieselt der Schnee wie in dem Lied. Beim Vogler kommt eine dunkle Gestalt aus dem Hof und läuft über die Strasse. Ich drück meine Nase an die Scheibe.

"Er kommt!" ruf ich ganz aufgeregt.

Auf der Treppe hört man nur leise Schritte. Ich mach die Tür auf und warte. Und dann plötzlich, im letzten Teil, raunzt der Max und stampft recht und die Schellen klingen durchs Treppenhaus. Ich fühle mich wie eine Prinzessin. Einen Klaus im Haus zu haben ist eine Ehre. Der Max sitzt mit seinen Fellen auf unserem Küchenstuhl und sein liebes Gesicht wird mit Papas Schminke wirklich beeindruckend. Max schaut mich an und gröhlt wie ein Löwe. Ich zucke doch zusammen. Papa macht einen

Schritt zurück. Er ist zufrieden mit seinem Werk. Max schaut in den Spiegel und lacht. Dann geht er mit der Hand in der Schelle vorsichtig die Treppe hinunter.

Früher hab ich mich immer versteckt am Klausentag. Der grosse dünne Nikolaus fuhr im Schlitten vorbei. Den habe ich nie verpasst. Ganz klein und erfürchtig stand ich vor ihm und sagte mein Gedicht auf. Als mich der Knecht Ruprecht recht bös angeschaut hat, hab ich angefangen zu weinen. Ganz gschamig hat er sich umgedreht. Erst das Säckle, das mir der Nikolaus gegeben hat, hat mich beruhigt. Walnüsse waren drin und Orangen und meine neuen Hausschuh.

Aber heut ist mir das Kribbeln auf der Haut lieber. Irgendwie hab ich den Moment verpasst, in dem Max die Strasse hinauf ist, denn jetzt hört man es. Ich mach das Küchenfenster auf. Es ist uns egal, ob die schöne Wärme hinausgeht. Mama, Papa und ich haben unsere dicken Jacken an. Vom Faltenbach herunter klingt es, die Stimmen wie die Hirsche, die Glocken und Ketten. Immer lauter wird es und dann erscheinen durch den rieselnden Schnee die ersten dunklen Gestalten. Mir läuft es kalt den Buckel runter. Sie rennen schnell und dahinter kommen immer mehr. Ich versuch den Max zu erkennen aber es ist wie eine Lawine.

Die Schreie und Ketten und Schellen sind so laut dass ich mir die Ohren zuhalte und dann sind sie schon ganz weit unten. Ein paar Nachzügler kommen noch, aber die schreien weniger. Und dann ist es vorbei. Wir machen das Fenster zu und Mama legt schnell Scheitle nach im Herd. Ich träum davon gross zu sein und mich hinaus zu wagen ins Dorf, hinter einer Hausecke versteckt, mit der Gefahr entdeckt zu werden. Wir setzen uns an den Küchentisch. Das Allgäuer Anzeigeblatt liegt schon drauf für die Nussschalen. Trotzdem werden wir am nächsten Morgen Papa hören wie er versucht nicht zu fluchen, weil doch eine Schale auf dem Boden gelandet ist. Papa kann die Walnüsse so aufmachen, dass der ganze Kern wie ein Gehirn erscheint. Er schenkt sie uns immer. Die Mandarinenschalen spritzen uns an und wir legen sie auf den Ofenrand. Meine Füsse stecken in den flauschigen neuen Hausschuhen. Wir erzählen Geschichten und viel später hören wir die Schelle, die langsam aus dem Dorf herauf kommt. Max ist wieder daheim.

Das Küchenfenster 10

Am Küchenfenster bappen dicke Schnee-
flocken. Draussen wirbelt es so, dass man nicht
einmal bis zum Vogler sieht. Mama hat schon
ein Feuer gemacht im Küchenherd. Sie besteht
darauf, dass ich die dicken Unterhosen vom
Gallusmarkt anzieh. Ganz leise geh ich die
Treppen hinunter. Bei meiner Oma schlafen
noch alle. Der Schnee macht eine Schwelle vor
der Tür. Im Hof steht Papa mit der Schaufel und
redet mit meinen Freundinnen. Wir sollen doch
warten bis der Schneepflug vorbeikommt, aber
dann ist die Strasse sauglatt und wir kommen zu
spät. Fast warm ist es draussen und die Flocken
sind riesig. Im Eck vom Hof ist der Schneehaufen jetzt endlich gross genug. Zum Glück hab
ich die alten Zahnbürsten aufgehoben. Wir stap-
fen die Strasse hinunter. Der Fliederboschen
beim Horle hat eine grosse Haube und ab und
zu rutscht ein Batzen weicher Schnee von den
grossen Ahorn herunter. Leicht ist es nicht zum

Laufen aber wir haben die ganze Strasse für uns allein.

Auf dem Heimweg schneit es immer noch. Inzwischen ist der Schneeflug gefahren. Im Stiegenhaus riecht es nach Zimtsternen, die Spezialität meiner Oma. Papas Haare sind noch nass vom Schaufeln. Ich hol meine alten Zahnbürsten und er sägt ihnen die Köpfe ab. Auf der Herdplatte macht er sie warm, bis man die Spitzen nach oben biegen kann. Jetzt schaun sie wirklich aus wie Ski. Die Wolken haben sich in die Berge zurückgezogen und der Himmel ist strahlendblau. Meine Freundinnen trampeln das Stiegenhaus herauf. Der Schneehaufen ist riesig gross sagen sie. Den ganzen Nachmittag bauen wir die Bahn. Mit Tunnel und Kurven. Am Anfang saussen unsere Zahnbürstenski über die Bahn heraus oder bleiben im Tunnel stecken. Aber dann laufen sie gut. Wir können es kaum erwarten bis genug Schnee liegt, damit wir Schlittenfahren können.

Und am Sonntag ist es dann so weit. Wir ziehen unsere Schlitten ganz früh durchs Dorf. Die Luft ist noch blau und ein grauer Schleier liegt über den Dächern. Wir müssen uns beeilen bevor die Wege gestreut werden. Zum Moorweiher hinauf ist noch alles sauber und weiss. Es läuft sagenhaft auf dem Weg herunter. In der Kurve schreien wir im Falle eines Falles.

"Bahnfrei, Kartoffelbrei – und a Stückle Wurscht dabei"

Aber wir sind ganz allein. Unten auf der Halde sind schon die kleinen Kinder and ein paar Eltern. Die erste Schlittenfahrt ist der beste Moment im ganzen Jahr, wenn es so schnell läuft, dass es einem den Atem wegzieht. Und weil es grad so schön läuft, so früh am Morgen, gehen wir bis zum Kühberg hinauf.

Am Mittag bappt er schliesslich, der schöne Schnee. Wir sind nass und glücklich. Daheim erwartet mich ein Griessauflauf. Im Treppenhaus riecht es jetzt nach Kokosnuss. Mama backt Laible. In der Mitte vom Tisch liegt der Adventskranz. Die Vanillekipferl sind schon fertig und liegen im Puderzucker. Die Kokosnuss Makronen sind im Ofen. Aber für die Spitzbuben hat Mama auf mich gewartet. Ich darf sie ausstechen. Mama ist besorgt als sie ein bissle dunkel aus dem Ofen kommen. Das letzte Scheitle hät sie doch nicht nachlegen sollen. So essen wir die Dunkelsten. Die Johannisbeer-marmelade ist von unseren Boschen im Garten, die jetzt unter dem Schnee verschwunden sind. Ich streich die Marmelade auf die Spitzbuben und bapp sie zusammen. Meine Finger sind voller Puderzucker als sie fertig sind. Mama hat auch einen weissen Fleck auf der Stirn. Wir schauen zum Fenster hinüber und es schneit wieder. Bald kommen die Eisblumen.

Das Küchenfenster 11

Der Küchenherd ist jetzt immer an. Mama legt abends die Scheitle eng zusammen und wickelt ein Stück Kohle in nasses Zeitungspapier, so dass am Morgen immer noch eine Glut hinterm Türle ist. Trotzdem ist das Fenster voller Eisblumen. Das Licht der Fenster vom Vogler schaut aus wie ein Kristalleuchter, wenn wir am Freitag abend das Licht ausmachen und den Krimi anschauen. Tagsüber summt der Küchenherd und darauf steht im Eck immer eine Suppe. Der Teekessel ist auch immer heiss. Dellen hat er viele, aber auch mindestens soviele Winter hat er miterlebt. Jeder der aus dem Schnee mit einem Häuble von Flocken die Treppe heraufkommt, kriegt einen Teller Suppe zum Aufwärmen. Mit ein paar Eier und dem Schneebesen wird sie zur Eierflockensuppe. Wenn Mama Leber hat schabt sie sie und wir essen Leberknödelsuppe. Ein bissle Griess und ein Ei und die Griessknödel ziehen auf dem

Küchenherd in ihrem warmen Bad, so dass sie ganz leicht sind. Wenn ich eiskalt vom Rodeln heimkomm, schüttet Mama Sternle in die Suppe, während sie meine Hände unter das kalte Wasser hält, damit das Annageln nicht so weh tut. Das Fleisch essen wir in Scheiben geschnitten am Sonntag. Innen ist es ganz zart und noch rosa. Am Küchenschrank steht das kleine Glas Meerrettich mit dem Mama die Sosse macht. Wie jedes Jahr hatte sie Angst gehabt, dass er nicht kommt. Aber kurz bevor der erste Schnee kam, stand er plötzlich vor der Tür, der Mann aus dem Osten mit seinem Rucksack aus dickem Stoff, in dem nur noch wenige Gläsle waren. Mama ist glücklich, denn fast alle hatte er verkauft. Aber für sie hebt er immer eines auf. Er hat den schärfsten Meerrettich, der den ganzen Winter langt und manchmal bis in den Sommer reicht.

Manche Besucher kriegen einen Grog wenn es recht schneit. So war auch Geigers Regina eines Abends angekommen. Richtig gestürmt hatte es draussen. Wenn mein Papa im Sommer zum Vilsalpsee zum Fischen fährt, muss ich immer mit. In jeder Kurve im Oberjoch wird es mir schlecht. Auf dem Rückweg, nachdem die Fischer sich über ein Glas Bier darüber gebrüstet haben, wie gross ihre Forellen sind, bringt Mama immer Strohrum mit. Die Fläschle stehen im Wohnzimmerschrank für den Grog, wie an dem Tag als Regina kam.

Jedem wird wieder die Geschichte erzählt und ich laufe jedes mal rot an. Meine Zähne kamen schon braun auf die Welt. Zahnweh hatte ich als kleines Kind ununterbrochen. Beim Zahnarzt weigerte ich mich den Mund aufzumachen. Und wie ein Kätzle spuckte ich die winzigkleinen Tabletten aus, die Mama im Kartoffelbrei versteckte. Also sagte eine ihrer Freundinnen eines abends ich solle etwas Rum in den Mund tun und meinen wehen Zahn damit spülen. Es funktionierte sehr gut, aber noch besser wenn ich den Rum schluckte. So war schon vor Winter das Fläschle Strohrum leer. Der Tee sah so ähnlich aus und so hatte ich das Fläschle damit aufgefüllt. Als also Regina voller Schnee, mit einem Flockenhäuble auf ihrem

Kopftuch zur Tür hereinkam, schlug Mama sofort einen Grog vor. Aber in der Rumflasche war nur der kalte Tee. So war Reginas Grog in Wirklichkeit ein schwarzer Tee mit Zimt und Gewürznägele. Mama sagte schliesslich, dass er so gut riecht, sie würde sich auch einen machen. Ich war noch klein, wusste aber was jetzt kommen würde. Meine Mama war entsetzt, dass ihre kleine Tochter den Sommer über ein ganzes Fläschle Rum getrunken hatte. Das war auch das letzte mal. Trotzdem werde ich jedesmal entsetzt angeschaut, wenn Mama die Geschichte erzählt. Mir ist es also lieber wenn die Leute einen Teller Suppe essen.

Das Küchenfenster 12

Die vierte Kerze auf dem Adventskranz
schaut jetzt auch lätschig aus. Mama ist gerade
aus der Arbeit gekommen. Wie immer am
heiligen Abend, essen wir Kartoffelsalat und
Wienerle. Die Gans macht Mama morgen.
Das Paket mit der Gans von meiner Oma ist gerade noch rechtzeitig angekommen. Jedes Jahr
regt sich Mama furchtbar auf. Aber irgendwie
kommt die Gans, Dank Post, immer an, in
ihrem braunen Papier mit Fettflecken um die
Adresse herum. Die Luft in der Küche ist voller
Rauch. Auf der einen Seite sitzt Papa mit seiner
Zigarette. Auf der anderen Seite rülpst der Küchenherd immer wieder ein Wölkle. Wenn Mama sich aufregt, geht das Feuer nie. Seit einer
Woche sagt sie zu Papa, er soll einen Christ-
baum holen. Heute ist heiliger Abend. Dicke
Flocken kleben sich ans Küchenfenster und es
ist schon fast dunkel. Im Fernseher läuft eine
Christmette. Die Kirche sieht man kaum, aber
die Musik ist schön. Jetzt fängt der Pfarrer mit

der Predigt an. Papa steht auf und geht ganz langsam aus der Küche. Mit dem Äxtle in der Hand und im Anorak und Mütze schaut er nochmal schnell herein.

"Keine Angst. Ich hab den Baum schon vor einer Woche ausgesucht. Ich bin gleich wieder da."

Die Flocken fliegen jetzt in Scharen gegen das Küchenfenster. Mama schneidet die Zwiebeln. Hoffentlich sind die Tränen davon. Ihre schöne Dauerwelle vom Stenger schaut im Dampf der Kartoffeln ein bissle verzaust aus. Plötzlich steht sie auf und macht das Türle zur Speisekammer auf. Also da hat sie die Laible versteckt. Als sie alle Schachteln aufgemacht hat, schaut der Küchentisch aus wie das Schlaraffenland. Erst schmunzeln wir nur, aber dann fallen uns alle möglichen Geschichten ein, so dass wir schallend lachen, als wir Spitzbuben und Vanillekipferl. Cocosnussmakronen und Omas Zimtsterne essen, bis wir voller Puderzucker sind. Viel später kommt Papa heim und wir schaun das arme Bäumle an, das er am Schopf hält. Es schaut aus wie ich, dürr und zu schnell gewachen. A bissle schief. Aber Mama sagt kein Wort. Papa murmelt etwas vom Schneesturm durch den er waten musste und seinen schönen Baum nicht finden konnte. Wortlos macht Mama den Kartoffelsalat. Aus dem Wohnzimmer hören wir die Handsäge. Das Bäumle, das sich im Ständer nach links lehnte, lehnt sich jetzt nach rechts. Papa is dabei ein paar Löcher mit der Bohrmaschine zu machen und die extra Zweigle in die kahlen Stellen zu pflanzen. Mama geht schnell aus dem Wohn-zimmer in die Küche zurück. Ich hol den grossen Karton mit den Weihnachtssachen und glätte schon einmal das Lametta. Nur Papa darf es aufhängen. Als meine Mama wiederkommt, bindet er gerade den Strohstern, den ich bei Fräulein Schaumberg in der zweiten Klasse gemacht hab, auf die spindlige Spítze vom Bäumle. Mama lächelt und nimmt ganz vorsichtig eine rosane Glaskugel in die Hand. Sie erzählt mir, wie jedes Jahr, dass sie an meinem ersten Weihnachten nur ein paar weisse hatten. Im nächsten Jahr haben sie die rosane gekauft. Es ist ein Wunder, dass etwas so zerbrechliches, aus Glas, so dünn wie Papier, die Jahre überlebt hat. Zusammen stecken wir die Kerzle in ihre kleinen Ständer. Wir machen das Licht aus und lachen. Mama holt den Kartoffelsalat und die Würschtle. Dann machen wir die Geschenke auf. Grad rechtzeitig zur Christmette geht der Himmel auf. Mit Oma und Lisi, die jetzt beide kleiner sind als ich, stapf ich durch den Schnee in die Kirche. Ich muss fast rennen um mit ihnen Schritt zu halten. Meine Hände sind schön warm in den neuen Handschuhen. Ich will sie garnicht in die Taschen stecken und schauh sie immer wieder an. Oma und Lisi gehen schon in die Kirche. Ich bleib draussen und finde meine Freundinnen. Fleissig singen wir mit, mit unseren roten Backen und strahlenden Augen. In der Kirche ist es saukalt, aber wir sind gut eingewickelt. Oma und Lisi sitzen bei ihren Freundinnen. Der Dampf steigt aus den Wintermänteln. Es war ein gutes Jahr.

Das Küchenfenster 12 b

Draussen schweben dicke Flocken vom Himmel und landen ganz sanft auf dem Sims, Drinnen laufen Tropfen an der Scheibe herunter und in die Lache, die auf dem Fensterbrett immer grösser wird. Der Küchenherd bruttelt hinter mir. Zu Weihnachten hat meine Freundin zwei Freikarten aufs Söllereck von ihrem Opa bekommen. Mama und Papa haben mir auch zwei Auffahrten geschenkt. Zwei Skitage. Wir sind gross und reich. Seit Neujahr suchen wir den besten Tag für die Piste. In den Ferien waren zu viele Raudis auf der Piste. Da haben wir auf der Halde das Wedeln geübt. Bis zum Weg zum Moorbad hinauf sind wir im Hexenschritt hinaufgeklettert bis dahin, wo es so schön steil war. Durchs Fenster schauten wir den zwei Frauen zu, wie sie die Dirndl nähten.

Alle Zimmer in Oberstdorf waren belegt. Oma hat sogar das Einzelzimmer an zwei junge Mädle aus dem Rheinland vermietet. Die waren so hübsch und lieb, wir hätten sie am liebsten behalten. Aber sie hatten ihren Eltern versprochen Neujahr daheim zu verbringen. Am Neujahrsabend musste mein Onkel in dem Zimmer schlafen. Denn wenn er etwas trinkt, schnarcht er. Niemand kann sich vorstellen wie laut ein Opernsänger schnarchen kann. Mitten in der Nacht war er aufgewacht, als plötzlich das Fenster aufging. Cognac, unser Boxer, schlief in seinem Korb aufgerollt wie ein Hörnle. Im Mondschein standen zwei Männer. Onkel Hanns hat das Licht angemacht und Cognac schlief einfach weiter. Als Onkel Hanns ihn aufweckte, schnappte der Hund seinen Tennisball und lief mit wackelndem Hintern auf die zwei jungen Männer zu. Der eine war noch auf der Leiter und rutschte wieder hinunter. Der andere wär fast über das Fenstersims gefallen. Morgens stand der Polizist vor der Tür mit zwei Burschen aus Köln. Irgendjemand hatte ihnen vom Brauch des Fensterlns erzählt. Mein Onkel schaute sie durch seine riesigen Augenbrauen an und erstattete keine Anzeige. Mit hängenden Köpfen entschuldigten sie sich. Die Leiter hatte himmelblaue Farbflecken. Ich wusste sofort wo sie herkam. Sie hängt immer an der Werkstatt vom Nachbar Dünser. Gut dass Himmelblau meine Lieblingsfarbe ist.

So blau wie meine Skier, die ich gestern abend gewachst hab. Das Wachs auf das rohe verkratzte Holz zu bringen, war garnicht leicht. Die Kanten waren auch ganz abgerundet. Die Skier meiner Freundin haben Metalkanten, meine nur rohes Holz. Dafür sind sie leichter. Sie stehen schon fertig im Hauseingang. Die Treppe herauf kommt das Bumpern der Skistiefel meiner Freundin. Auf dem Bommel ihrer Skimütze sitzt ein Häufle Schnee.

"Beeil Dich wir verpassen den Walserbus."

Der Küchenherd rumpelt und ein Rauchwölkle kommt aus dem Loch. Vor dem Herd zieh ich drei von Mamas Strumphosen an. Die Laufmaschen waren zu gross. Die Frau die sie auffängt konnte sie nicht mehr retten. Meine Skihose ist schwarz. Die Taschen haben Kettle und Böllele am Reissverschluss. Da steck ich jetzt die Freikarte rein, die mir meine Freundin gibt. Das Geld für den Bus ist schon drin. Die dicken Wollsocken hat mir meine Grosstante Lisi zu Weihnachen gestrickt. Es ist eine ganz neue Wolle, wo der Faden mehrere Farben hat, gelb und orange. Schneidig schau

ich aus damit. Mama hat mir auch schon ein Wurstbrot gemacht und in eine Papiertüte gefaltet. Schnell schlupf ich in meinen Anorak. Er ist grün und auf den Schultern ausgebleicht. Er hat sicher schon einige Kinder beschützt und ich werde nicht die letzte sein, die damit in die Schule geht. Als ich gerade in den zweiten Ärmel schlupf, kommt Papa herein.

"Ja, wo gehts denn Ihr hin?"

"Ans Söllereck", erklär ich ihm, etwas enttäuscht, dass er sich nicht erinnert.

Seit Weihnachten red ich von nichts anderem. Meine Hand steckt mit dem Butterbrot im Ärmel fest. Seine Stirn kriegt tiefe Furchen. Er macht das Küchenfenster auf.

"Bei so einem Schnee wollts Ihr zum Skifahren?" Er macht einen Bollen mit dem Schnee auf dem Sims.

"Schau amal wie des bappt. Knochenbruch

Schnee."

"Aber sonnig soll es werden", traut sich die Freundin zu sagen.

"Ja des isch ja noh schlimmer", sagt Papa.

Mama kommt in die Küche und schaut uns alle wütend an.

"Wer reisst denn schon wieder das Fenster auf? Da kann ich heizen wie ich will. Bei dem Föhn geht das Feuer doch eh so schlecht."

Genau da macht der Herd einen grossen Rülpser und spuckt eine Rauchwolke aus. Also spielen wir Schach bis Mittag.

Die Fahrt aufs Söllereck haben wir am nächsten Samstag gemacht. Das Wetter war strahlend, der Schnee knirschte, meine schönen blauen Skier liefen. Heimlich sind wir wieder bis ins Dorf gefahren und haben fürs Busgeld Dubble Bubble gekauft. Bis zur Kirche rauf konnten wir mit den Skiern fahren, weil wir die Bindung auf der Seite einfach ausgehängt haben. Für unseren nächsten Skitag mussten wir noch ein paar Wochen warten. Da waren die Strassen schon fast frei und voller Kies. Meine

Skier waren leicht, aber die meiner Freundin sehr schwer. Also haben wir sie zusammengebunden und trugen alles zusammen. Sogar der Dubble Bubble hatte seinen Geschmack verloren, als wir endlich im Oberen Markt ankamen. Ganz heiss war es uns in den Anorak, obwohl die Sonne schon unterging und das Licht blau wurde. Schön wars trotzdem.

Und heut ist plötzlich der grosse Tag an dem ich sie höre, die Spritzkanonen drunten auf der Strasse. Unter dem Küchenfenster fährt der Spritzwagen und auf beiden Seiten läuft ein Mann mit einem Wasserschlauch und jagt den Kies von der Strasse. Die dicken Tropfen leuchten in der Sonne wie Bergkristalle. Bis zum Fenster herauf steigt der Geruch von nassem Staub und Ende des Winters. Bald wird das Gras hochstehen und unsere Röcke fliegen, wenn wir zum Feibergsee fahren. Ein ganzes leuchtendes neues Jahr steht vor uns.

Kindheitserinnerungen

Die Trettach

Wie jeden Morgen stehen wir auf der Brücke. Nach der Schneeschmelze ist das Wasser klar und gibt immer mehr Ufer frei. Unter uns schweben Forellen in der Trettach. Faul und langsam schwingen sie von einer Seite auf die andere. Ein paar Schulkinder laufen vorbei. Wir bemerken sie kaum. Sie leben in einer anderen Welt. Sie müssen in die Schule und müssen immer schön angezogen sein. Am Nachmittag müssen sie Hausaufgaben machen. Wir sind frei. Wir dürfen spielen, solange wir zum Mittagsessen daheim sind. Wir sind frei, solange wir nichts anstellen und das tun wir nicht. Wir sind brave Kinder. Langsam laufen wir zur nächsten Brücke. Eine Sandbank erscheint im Wasser der Trettach. Wir sind ganz aufgeregt. Sie ist nicht an der gleichen Stelle wie letztes Jahr und wird sicher noch grösser. Am nächsten Morgen hüpfen und rennen wir zur Brücke. Es hat nicht geregnet. Vor uns liegt unsere neue Welt. Die Schuhe lassen wir am Ufer und waten durch das kalte Wasser bis zur Insel. Schaufeln brauchen wir nicht und auch keine Eimer. In den Wurzeln des Ufers hängen Stöckle mit denen wir unseren Fluss graben. Unsere Welt braucht einen Fluss, wie alle Welten. Schöne Biegungen hat er und läuft trotzdem stark. Hügel formen wir mit Kies und ein paar schöne grüne Steine finden wir als Wasserfall für unseren Fluss. Jetzt singt er wie ein richtiger Bergbach. Ein grosser Stein liegt im Wasser. Das wäre ein schöner Berg. Aber sogar zu zweit können wir ihn nicht bewegen. Das macht nichts. Wir finden einen grossen Klumpen Quarz. Er ist ganz glatt geschliffen. Wir setzen uns hin und bewundern unsere Welt. Um uns blitzt das Wasser der Trettach wie ein gebrochener Spiegel. Es ist Mittag. Wir müssen uns beeilen. Beim Trettachstüble wird der Himmel dunkel. Wir rennen die Strasse hinunter. Ein Gewitter kommt. Sicher wird es unsere Welt wegwaschen. Aber das ist uns wurscht. Morgen bauen wir eine Neue. Sie wird einen See haben. Wir werden einen Wald pflanzen mit dem Moos, das auf den Steinen von Beslers Mäuerle wächst. Heute Nachmittag werden wir Puppen spielen. Die Schulkinder laufen vorbei. Ihre Gesichter sind rot und sie schwitzen mit den schweren Schulranzen. Wir lachen und rennen heim zum Mittagessen.

Der Dutt

Meine Mama hat gesagt, sie muss ins Dorf und ich muss mit. Alles was mich erschreckt in einem Satz. Jeder kennt meine Mama und ich muss ewig lang dastehen und still sein, während Erwachsene Geschichten über andere erzählen. Die meissten schaue ich nicht höher an, als die Einkaufstasche, die am Unterarm hängt. Ich versuche mich hinter meiner Mama zu verstecken, aber sie schiebt mich vor und sagt ich soll das schöne Händle geben. Genau das mag ich nicht. Aber mein versohlter Hintern erinnert sich daran, dass ich besser mein Händle hergib. Über der Tasche erscheint ein Gesicht. Ich weiss was jetzt kommt, wenn es ein Kurgast ist: "Mein Gott, ist das das Kind, das so süss war?" und dann das unvermeidliche:

„Aber Kind, was hast Du denn mit Deinen schönen Locken gemacht?"

Aber das Schlimmste ist der Dutt. Meine Kopfhaut zieht sich schon bei dem Gedank zusammen und ich suche ein Versteck. Der grosse runde Tisch in der Diele ist da, wo ich immer bin. Auf dem Teppich liegt meine Babypuppe und ihre zwei Kleider. Ich muss etwas besseres finden. Meine Oma kam vor ein paar Tagen herauf, mit der Neuigkeit, dass einem Mann die Frau davongelaufen sei. Das muss schön sein – einfach davonlaufen - und kein Dutt mehr. Ich suche ein Versteck und finde es schliessslich auf dem Balkon. Die Tischdecke ist draussen geblieben. Unter dem Tisch ist das Sonnenlicht golden und ich fühle mich in Sicherheit. Wenn sie mich nicht findet, wird meine Mama sicher alleine gehen. Ich halte mich so still wie möglich. Eine Biene summt um mich herum und findet nichts. Meine Mama Mama hat die Decke gestern auf den Tisch getan, als ihre Freundin kam. Keiner bemerkte mich. Mich bemerkt nie jemand. Zum Glück. Die Freundin hat mit Tränen in den Augen ihren Rock hochgehoben und ihre grosse Unterhose hinuntergeschoben. Ihr Hintern hatte lauter blaue Flecken. Sie arbeitet in einer Wirtschaft und die Gäste zwicken sie wenn sie mit ihren Armen voller Teller zwischen den Tischen durchläuft. Meine Mama hat keine blauen

Flecken. Sie arbeitet im Wittelsbacher Hof. Meine Mama ist elegant. Ich höre es in ihrer Stimme, dass elegant das beste ist.

Das Schlimmste ist hässlich zu sein. Sie beobachtet mich oft. Sie hat Angst, dass ich die kurzen Beine von meinem Papa habe, und nicht die langen meiner Mama. Ich habe keine Hoffnung. Niemand hat so lange Beine wie sie, nur die Frauen auf den Plakaten vor dem Kurfilmtheater und in den Zeitungen. Ich höre ihre Schritte, die auf den Balkon zukommen und wieder weggehen. Ich habe keine Hoffnung elegant zu werden, aber die blauen Flecken auf dem Hintern will ich auch nicht. Ich werde also Skihosen tragen und mit wilden Haaren auf die Berge klettern. Und diesen Fasching will ich eine Hexe sein und nicht wieder eine Prinzessin.

„Da bist Du."

Vor mir sehe ich die Spitzen ihrer Strassenschuhe. Jetzt ist sie sicher sauer. Ich lasse mich zum Frisiertisch ziehen. In der Schachtel liegt der schreckliche Dutt. Aber zuerst kommt die Bürste. Vom Spielen unterdem Tisch sind meine Haare verzaust. Mit harten Strichen zieht meine Mama die Bürste durch meine feinen Haare. Eine Sträne tut besonders weh. Aber ich traue mich nicht etwas zu sagen. Denn die Antwort kenn ich:

„Hofart muss sich zwicken lassen."

Ich weiss nicht was das heisst. Ich denke wieder an die Freundin meiner Mutter. Mein ganzes Gesicht ist verzogen als der Gummi den Schmerz auf meinem Kopf permanent macht. Und jetzt kommt der Dutt. Ich fühle die Stacheln auf meinem Kopf. Aber das ist nicht genug. Jetzt, da meine Haare auf den schrecklichen Dutt gerollt sind, muss meine Mama sie mit Haarnadeln feststecken. Ich zucke zusammen, als die Nadeln meine Kopfhaut stechen. Stolz schaut mich meine Mama an. Vorsichtig zieht sie mich an. Ich weiss, dass ich jetzt stundenlang meinen Kopf nicht bewegen darf, sonst hängt der Dutt schief und alles fängt noch einmal von vorne an. In einem Kleid, das zwickt und mit den Stacheln auf dem Kopf, laufe ich an ihrer Hand durchs Dorf und frag michwie alt man sein muss um davon zu laufen.

Das Fahrrad

Ich sitz auf dem Gepäckständer von Mamas Fahrrad. Mit beiden Händen halt ich mich an ihrem Rock fest. Meine Füss streck ich so weit hinaus wie ich kann, genau so wie sie es mir gezeigt hat. Aus dem Kurpark heraus kommen Fremde. Ein Mann hebt seinen Spazierstock und zeigt auf den Himmelschrofen. Mama kann dem Stock gerade noch ausweichen. Aber Mama wackelt, das Fahrrad wackelt und ich auch. Mein Schrei und der von Mamas Bremse klingen zusammen. Mein Fuss ist in den Speichen gelandet. Mama hat gar keine Zeit mich runterzuheben. Die Fremden kommen auf uns zu, wie die Hühner von Frau Vogler zum Futter. Eine Frau ist die schnellste und schreit meine Mama an. Ich mach meinen Mund zu, obwohl mein Fuss immer noch weh tut. Die Frau schreit etwas von Polizei und Anzeige und noch viel mehr, das ich nicht verstehe. Jetzt sagt sie: "Primitiv". Mama wird die Hand ausrutschen das seh ich an ihrem Blick. Aber sie kann die Lenkstange nicht loslassen. Denn ich sitze immer noch auf dem Gepäckständer. Alle reden sie auf einmal und schauen meine Mama an. Mein Fuss tut mir immer noch weh. Endlich dreht sich Mama um und hebt mich herunter. Dann dreht sie das Fahrrad um und nimmt mich an die eine Hand und schiebt ihr Rad mit hohem Kopf die Strasse hinauf. Hinter ihr bruttln die Fremden noch ein bissle und finden dann etwas anderes zum picken. Am Anfang humple ich noch ein bissle, weil es mir weh tut, aber dann will ich Mama zum Lachen bringen. Sie merkt es garnicht und ich zieh schliesslich meinen ganzen Fuss hinter mir her. Also geb ich es auf. Daheim sitz ich vor der Küchentür. Der Tag hatte so schön angefangen. Ab Montag wird meine Mama in Gruben als Bedienung arbeiten und mich jeden Tag mitnehmen. Morgen ist Ostersonntag und das Dorf ist voller Fremde. Papa und Mama klingen so besorgt und ich bin schuld daran.

Am Sonntag ist es alles vergessen. Ich renn durch den Garten und such die Nestle. In meinem Körble sind schon viele Ostereier. Sorgfältig zieh ich das Moos von den Zuckereiern in allen Farben. Manche sind sogar lila. Zwei Hasen hab ich auch. Ich schau Papa fragend an. Er schmunzelt und lupft die Augenbrauen. Das ist noch nicht alles. Also suche ich weiter.

Hinter den Johannisbeerboschen blitzt etwas. Vielleicht noch ein Has. Ich kann es nicht glauben.

Es ist ein kleines Fahrrad, so grün wie das Gras und mit ganz dicken weissen Rädern. Mein Körble lass ich in den Boschen und zieh das Fahrrad heraus. Ich bin sprachlos. Mama wusste es anscheinend auch nicht. Sie ist genauso überrascht wie ich.

"Jetzt musst Du heut noch das Fahrradfahren lernen. Setz Dich drauf ", sagt Papa.

Abends kommt Tante Lotti mit einem Osternest. Sie ist meine Taufpatin und bringt immer etwas besonderes. Der Has ist gross und golden. Im Nest liegt etwas, auf das ich gehofft habe. Ein richtiges Ei mit Schokolade gefüllt, vom Stempfle. Vorsichtig rupf ich stückleweiss die Eierschale ab. Der Schokolad ist weich wie der in den glänzigen kleinen Körble, die es im Lädle gibt.

Bis zur Brücke laufen wir. Die Sonne ist noch hinter dem Schattenberg. Wir haben den ganzen Weg nach Gruben für uns alleine. Ich steig auf mein Fahrrad und fahr los. Dann halt ich an. Mama steht da und schaut mir stolz zu. So fahren wir schliesslich nebeneinander. Aber meine kleinen dicken Räder sind winzig neben ihrem Fahrrad. So viel ich auch strample, ich bin nicht schnell genug. Mama muss so langsam fahren, dass sie fast umfällt. Wir stehen da und sehen die lange Fahrt nach Gruben vor uns. Schliesslich erwischt meine Mama meinen

Nacken mit ihrer Hand im Vorbeifahren. Sie schiebt mich neben sich mit. Ich lass meine Pedale los und streck meine Füss aus. Ich muss auf jeden Stein aufpassen, aber irgendwie schaffen wir es bis unter die Tannen. Trotz der Kühle der Trettach und dem Schatten der

Tannen schwitzen wir. Langsam gewöhnen wir uns daran so zu fahren. Mutter und Tochter.

In Gruben steigt der Rauch aus dem Kamin. Frau Müller backt schon die Kuchen, die die vielen Kurgäste später mit Haufen von Schlagsahne im Café essen werden. Mama zieht ihre Schürze an. Frischgestärkt ist sie mit Spitzen herum. Mit erhobenem Finger warnt sie mich nochmal vor der Trettach. Dann nimmt mich Gabi an der Hand und zeigt mir ihr Leben. Im Stall sind neue Kälble, die an unseren Fingern nuckeln. Der Heuboden ist schon fast leer. Den Hang herunter kommt noch Schmelzwasser und rinnt zwischen den ersten Blumen. Das schönste an Gabis Leben ist, dass sie Brüder hat.

Ich darf nur da spielen wo meine Mama mich sehen kann. Aber das ist schnell vergessen. Das Café ist voll und Mama vergisst es auch. Und Gabi hat mich den Hügel hinunter zum Bächle geführt. Da spielen wir, bis es nicht mehr so warm ist und oben auf der Anhöhe unsere Mütter stehen. Ich will nicht heim. Aber Mama verspricht dass wir morgen wiederkommen und den ganzen Sommer lang. Ein Sommer ist endlos und Gabi hat all das was ich mag: Kälble, Schlagsahne und Brüder.

Die Waschküche

Die Waschküche ist schön warm. Ganz früh heut morgen hat Mama das Feuer gemacht unter dem riesigen Kessel. Das Wasser dampft.und ist jetzt heiss genug und sie lässt ein Betttuch nach dem anderen in den Kessel sinken. Mit einem grossen Stecken rührt sie alles wie eine Suppe. Der Dampf steigt zur Decke, die man garnicht mehr sieht. Wie die Wolken an den Tagen wo die Fremden immer jammern. Sie wollen die Berge sehen. Deswegen mag Papa die Fremden nicht. Sie jammern immer. Einer hat Papa gefragt, wann denn in Oberstdorf überhaupt Sommer ist. Papa hat geantwortet:

"Ich glaub letztes Jahr war es an einem Donnerstag."

Mama stellt mir das Bänkle als Tischle auf die Seite und gibt mir eine kleine Bürschte. Mama hat eine neue Seife gekauft und ich darf sie auswickeln. Auf dem Paket ist eine Sonne. Mama liest vor was draufsteht. "Sunlicht" heisst sie. Die Seife ist so gross und eckig wie ein Ziegelstein und meine Hände sind zu klein. Sie entwischt mir und schlittert über den nassen Boden. Mama seufzt und wäscht die Seife.

"Sauteuer", sag ich.

"Aber Butz, das ist ein schlechtes Wort."

"So wie A…."

Aber Mamas Finger ist schneller. Gross und gerade steht er vor ihren Augen, die jetzt weit offen sind. Ich glaub ich darf nicht mehr zuhören, wenn Papa und sein Freund am Sonntag reden.

Das Wasser kocht jetzt.

"Butz, geh aus dem Weg!"

Mit dem dicken Stecken hebt sie ein Leintuch aus dem Wasser und schmeisst es in einem Schwung auf den grossen Tisch. Durch den Dampf sehe ich ihre Muskeln. Stark ist sie meine Mama. Aus dem Kessel fischt sie ein paar Taschentücher und lässt sie auf mein

Tischle fallen. Sie reibt die grosse gelbe Seife darüber. Jetzt kann ich auch arbeiten. Mama breitet das Leintuch auf dem Tisch aus. Sein Holz ist wie ein samtiges Fell. Sie nimmt die Wurzelbürste und schrubbt das Leintuch. Ich mach das gleiche mit meinen Taschentüchern. Ganz sauber sollen sie werden. Als Mama sich umdreht um das nächste Leintuch aus dem Wasser zu heben, nehm ich schnell ihre Bürste. Zwei Striche über das Taschentuch und es ist zerrissen. Ich fang an zu weinen. Mama wischt sich den Schweiss von der Stirn mit ihrem Arm, wischt ihre Hände an ihrer Schürze ab und geht in die Hocke, damit ich mich auf ihren Schoss setzen kann.

"So ein Taschentuch hat schon mehrere Winter lang Papas Nase geputzt. Jetzt darf es als Lappen im Auto die Fenster abwischen."

Ein Leintuch nach dem anderen hebt Mama aus der seifigen Suppe und wirft es dann wieder hinein. Wir sind beide klatschnass und unsere Kleider tropfen. Mama seh ich kaum mehr im Dampf der Waschküche. Beim Auswinden darf ich ein bissle helfen. Ihre Arme glänzen wie die Muskeln an einem jungen Stierkalb.

Schliesslich liegt alles im Wäschekorb, die Leintücher und darauf, sorgfältig ausgebreitet, Papas Taschentücher - sogar das zerrissene für Hansi unseren Käfer.

Früh am Morgen, als der Schattenberg noch dunkel ist gegen einen rosa Himmel, gehen wir in den Garten. Mama trägt den schweren Korb. Ich hab meine Taschentücher in mein Körble getan. Mama hebt mich hoch, so dass ich die Wäschklammern aus dem Säckle holen kann. Ich häng die Taschentücher auf. Dann darf ich das tun, was ich am liebsten tu – mein Gesicht in die frischgewaschenen Leintücher tauchen und tief einatmen. Sie riechen nach Seife und Morgenluft. Durch die ältesten schaut meine Welt aus wie ein altes Bild. Am Nachmittag, wenn alles trocken ist und der Wind die Leintücher flattern lässt, darf ich durchrennen und den kühlen Stoff mein Gesicht streicheln lassen.

Das Haus Tanneck

Als wir ankommen stehen schon viele von unserer Klasse vor dem Gatter vom Haus Tanneck. Keine traut sich einfach reinzugehen. Es ist das Haus der Klosterschwestern. Wir flüstern untereinander. Klosterschwestern wohnen in Klostern und nicht in so einem kleinen Haus. Müssen wir uns da drin wie in der Kirche benehmen? Dann geht schliesslich die Tür auf und eine Schwester macht uns schmunzelnd das Gatter auf. In einem grossen Saal ist Stille. Wir setzen uns an die Tischle und warten gespannt. Wir werden Stricken und Häkeln lernen, Sticken und Stopfen. Jetzt trauen sich doch die Schneidigsten zu fragen ob wir Handschuhe stricken lernen, und Socken....und Pulli.

Aber nach einem Nachmittag mit einem kleinen Strickzeug sind unsere Erwartungen schon viel kleiner. Vor der Schwester steht eine Schlange von Mädle mit gefallenen Maschen. Immer wieder hört man den Klang der

Stricknadeln, die auf den Boden fallen. Nur Hansi, der Wellensittich heitert uns auf. Wir zählen die Häufle auf den schwarzen Hauben der Schwestern. Die Älteste is die, die er am meisten liebt. Sie ist auch die netteste. Mit einem lieben Lächeln bückt sie sich und in ihren alten Händen wird jedes Strickzeug eben. Sie findet die verlorenen Maschen, lockert die harten und zieht die zusammen, aus denen die Nadeln fallen.

Beim nächsten mal trauen wir uns garnicht unsere Strickzeug aus der Kiste zu holen. Aber wie durch ein Wunder schauen sie alle viel besser aus, als in unserer Erinnerung. Die Hoffnung, dass wir irgendwann einen Socken stricken können, ist wieder erwacht. Die alte Schwester hat sicher viele Abende damit verbracht unsere Arbeiten auszubessern, wie ein klösterliches Heinzelmännchen.

Nach und nach lernen wir alles. Auch dass man jeden Fehler reparieren kann, indem man bis dahin zurückgeht, wo alles noch in Ordnung war. Die Schlange von Mädle vor der Schwester wird immer kleiner. Und wir lernen es die Ruhe zu geniessen. Unsere Mütter sind glücklich über die gestickte Decke zum Muttertag und das umhäkelte Taschentuch. Wir ziehen mit Stolz unsere selbst gestrickten Handschuhe an. Auch wenn zwischen unseren Fingern die Maschen so gross sind, dass der Schnee hereinkommt. Die Klosterschwestern lernen wir auch kennen. Die, die zu vermeiden ist und die, die die Liebe selbst ist.

Der Staubsauger

Ich komm aus dem Zimmer und in der offenen Wohnungstür steht ein Mann. Er schaut aus wie der amerikanische Schauspieler auf dem Plakat am Kino. Meine Mama sieht ihn auch, und dass er schon einen Fuss in der Wohnung hat. Er sieht Mama und lupft beide Augenbrauen. Dann lächelt er. Er hebt den Stock hoch, auf dem er lehnt. Unten hat der Stock einen Bollen. Es ist ein Staubsauger, erklärt er meiner Mama. Ich weiss genau was Papa jetzt sagen würde:

"So etwas können wir uns nicht leisten."

Stattdessen hört Mama zu. Der Mann zeigt auf Tatas grossen Perserteppich. Mama sagt der Teppich ist sauber und der Mann lüpft seine Augenbrauen und legt seinen Kopf ein bissle auf eine Seite. So eine Unverschämtheit. Jedes Jahr heben Mama und Papa den grossen Mahagonitisch hoch und rollen den grossen

Teppich auf. Dann tragen sie ihn zusammen in den Schnee im Garten. Da liegt er dann den ganzen Tag mit dem Gesicht nach unten. Am Nachmittag klopft ihn Mama mit dem Teppichklopfer und der ganze Staub bleibt auf dem Schnee.

Der Mann redet und redet. Schliesslich unterbricht ihn Mama endlich und fragt was so etwas kostet. Aber anstatt zu antworten, schaut er Mamas schöne Frisur an.

"So ein Besuch zum Frisör ist teuer. Aber durch den Staubsauger kann man viel Geld sparen."

Er dreht ein para Knöpfe an dem Stock und bittet um eine Steckdose. Die Schnur ist ganz lang und geht bis an die Steckdose hinter der Eckbank. Der Staubsauger macht einen furchtbaren Krach.

"Halten sie mal ihre Hand hier hin", sagt der Mann.

Ich bück mich auch. Aus dem Rohr kommt warme Luft. Mama rechnet im Kopf. Der Mann macht den Staubsauger aus und bewegt wieder die Knöpfle. Dann holt er aus seiner Tasche einen Beutel. Er zeigt uns den Dreck, der da drin ist und bevor Mama etwas tun kann, streut er den ganzen Beutel voll auf Tatas Perserteppich. Mama ist entsetzt. Mit einer eleganten Bewegung macht der Mann den Staubsauger wieder an. Ein labbriger Beutel, der am Stock hängt, bläst sich auf und er schiebt den Staubsauger mitten durch den Dreck. Der Dreck verschwindet unter dem breiten Schnabel von dem lauten Untier. Der Mann gibt Mama den Staubsauger und so wie wir es im Fernsehen gesehen haben, schiebt sie ihn mit eleganten Schwüngen über den Rest vom Häufle Der Platz schaut sauberer aus, als der Rest   vom Teppich. Jetzt nimmt der Mann seinen Staubsauger wieder und fährt auch noch über einen Sessel. Im Krach schreit er etwas von Spinnweben. Mama zieht   ihre Augenbrauen hoch. Spinnweben haben wir nicht. Als er den Staubsauger endlich ausmacht, fragt Mama wieder nach dem Preis. Er faselt etwas von   besonderem Preis und Gefallen tun und bis in den zweiten Stock klettern …

Als Papa heimkommt, steht der Staubsauger in der Diele. Mama hat den ganzen Teppich gesaugt und steht stolz und verschwitzt davor. Ich werde aus der Küche geschickt, während sie darin streiten. Schliesslich kommen sie wieder heraus. Papa scheint Zweifel zu haben und Mama geht ins Badezimmer und wäscht ihre Haare. Dann kommt sie wieder, nimmt den Staubsauger, dreht ein para Hebele and hebt ihn hoch auf ihren Kopf gerichtet. Stolz drückt sie auf den Knopf. Wir verschwinden alle drei in einer Staubwolke.

Der Freibergsee

Alle haben es gehört in der Schule. Der Freibergsee soll 18 Grad haben. Ob es wahr ist oder nicht, ist uns egal. Wir warten schon seit fast einem Jahr auf diese Nachricht. Morgen früh gehen wir baden. Die Lorettokapellen stehen noch im Schatten, aber auf den Wiesen, durch die wir radeln, liegt das goldene Licht der Morgensonne. Ausser Atem stehen wir unter den Tannen. Ein paar Fahrräder sind schon da. Zwei davon erkennen wir. Wie schade - wir wollten die ersten sein. Die riesigen Krottenblaech Blätter ziehen mich wie immer an. Ich würde mich so gerne einmal darunter verstecken und die Welt von unten sehen, wie in den Bildern des Dschungels in unserem Lexikon. Aber wir wurden immer wieder gewarnt. Die Krottenbleach sind die Heimat der Kreuzottern.

Meine Freundinnen reissen mich aus meinen Gedanken. Wir wollen einen guten Platz, wo wir unsere Handtücher hinlegen, alle nebeneinander. Mein Fahrradschloss klemmt und ich lasse es einfach offen. Wir rennen fast den Hang hinauf. Die Abkürzung nehmen wir nur auf dem Rückweg, aber ein paar Kurven schneiden wir doch. Mit Seitenstechen kommen wir oben auf der kleinen Wiese an. Dort steht später im Sommer der Fingerhut. Noch ein paar Tannen unter denen es fast dunkel ist und dann plötzlich glänzt der See zwischen den grossen Baumstämmen. Den Rest rennen wir und kommen atemlos an der Badesstation an. Sie ist offen. Erst als unsere Handtücher nebeneinander an unserem Lieblingsplatz liegen, atmen wir auf. Der Geruch der Umkleidekabinen ist der Geruch des Sommers - altes Fichtenholz, Moos und das Seewasser. Unsere Badeanzüge riechen nach altem Gummi und sind wie immer zu klein. Endlich stehen wir vor dem Wasser. Keiner traut sich hinein. Vorsichtig tun wir einen Fuss ins Wasser. Unser Atem bleibt stecken. Wie achtzehn Grad fühlt es sich nicht an. Eine nach der anderen steigen wir hinunter und dann ist die Kälte einfach vergessen. Wir spritzen um uns und schreien lachend. Unser

Schwimmen ist zackig. Unter uns fühlen wir die Tiefe des Sees. Ich halte die Luft an und tauche unter. Ein paar grosse Fische schweben vorbei. Alle zusammen kommen wir aus dem Wasser und rennen zu den Handtüchern. Aufgeregt schnattern wir vor Kälte und bewundern unserere Gänsehaut. Unsere Lippen sind blau, aber das ist immer so. Zitternd sitzen wir auf dem Gras mit unseren dünnen Handtüchern auf den Schultern. Wir legen uns aufs Holz und schauen durch die Spalten zwischen den Brettern. Mein Spiegelbild ist nur ein Streifen Gesicht und ein Auge, das sich mit dem Wasser bewegt. Ringsum sind grosse Fische. Die Wärme des Holzes dringt durch meine Backe. Das Brett riecht noch nach Schnee. Kaum hören wir auf zu zittern, gehen wir zurück ins Wasser. Wie jedes Jahr planen wir zum anderen Ufer zu schwimmen. Immer wieder kehren wir zu unseren Handtüchern zurück. Das Schwimmbad wird langsam voll.

Die Stimmen der Leute hören sich an wie Gänseschnattern, wenn ich den Kopf aus dem Wasser hebe. Alle, auch die Erwachsenen, sind aufgeregt endlich am Freibergsee zu sein. Wir liegen in der Sonne und lassen unser Rücken wärmen, als wir plötzlich im Schatten liegen. Eine riesige Gewitterwolke steht über uns. Ich laufe zum Kiosk und hole mir eine weisse Maus.

"So, iats kascht nolle", sagt die Frau.

Als ich mit dem Mauseschwanz im Mund zurückkomme, sind die anderen schon am Aufbrechen. Wir ziehen uns schnell an. Die Kleider sind trocken und kleben auf der Haut. Den Hügel hinauf laufen wir, aber nach der kleinen Wiese fangen wir an zu rennen. Diesmal nehmen wir die Abkürzung. Als wir durch die Wiesen radeln ist der Himmel schon dunkel. Bei Loretto kommenn wir in einen Platzregen. Die dicken Tropfen sind warm im Vergleich zum Freibergsee. Wir überholen uns gegenseitig und eine nach der anderen biegt ab und fährt heim. Sobald ich zur Tür hereinkomme, habe ich Hunger. Der Laib Schwarzbrot liegt auf der Anrichte auf dem Brett, das so alt ist wie meine Mutter.

So alt dass eine Mulde hat. Ich streiche Butter auf meine schlecht geschnittene Scheibe und gehe auf der Balkon. Das Gewitter ist vorbei. Die ganze Nachbarschaft ist in goldenes Licht getaucht. Ich setze mich hin und esse. Vom Nachbar kommt der Klang des Dengeln der Sensen. Die Kirchenglocken läuten und und ich lese mein Lieblingsbuch. "Der Mond, der Teppich und der Duft von Jasmin."

Der Gallusmarkt

Seit Wochen warten wir auf den Tag. Das Geld vom Geburtstag haben wir extra aufgehoben. Wir wissen genau, was wir kaufen werden. Ein Windrädle, einen kleinen Strohball in seinem vielfarbigen Netz, mit einem langen Gummi, fürs Peterle unser Kätzle, Magenbrot für den Papa, der keine Zeit hat zu kommen, mit rotem Zucker überzogene Erdnuss und ganz besonders – Türkischen Honig. Der grosse Bauch ist in eine weisse Schürze eingewickelt. Darauf kleben schon rosa und weisse Stückle. Ein ganzer Block, so gross wie ein Laib Brot liegt vor unseren Nasen. Wenn wir gross sind, werden wir alle so einen Laib kaufen. Der Geruch von Rosenwasser. Mit einem Messer, wie eine Mondsichel, haut er dünne Scheiben, die sofort zerbröseln. Uns läuft das Wasser im Mund zusammen. Viel zu klein ist das Häufle, das er der ersten von uns auf einem Wachspapier reicht. Die Nächste! Jede von uns hofft, dass er eine Scheibe schief hackt, so dass ein grosses Stückle drin ist. Man kann es ewig lang lutschen bis es weich ist, aber so bappig, dass es an den Zähnen zieht. Wir essen den türkischen Honig langsam, ehrfürchtig. Er schmeckt genau wie in unserer Erinnerung vom letzten Jahr - nur besser. Die Buben pfeifen uns in die Ohren mit knallgelben Plastikpfeifen aus Japan. Wir kommen am Unterhosenstand vorbei. Da hängen rosane und hellblaue. Der Stoff glänzt aussen und ist ganz wollig innen. An der Taille und an den Beinen haben sie einen Gummizug, der am Anfang immer zu eng ist. Später kommen unsere Mütter mit den grossen Einkaufstaschen und kaufen sie für uns alle. Ganz gschamig laufen wir vorbei. Wir wollen nicht, dass jemand weiss, dass wir sowas anziehen. Liebestöter nennt sie mein Vater. Jetzt laufen wir hochnäsig vorbei, aber wenn der Schnee kommt und wir in die Schule laufen, bevor der Schneepflug gefahren ist, sind wir froh darüber. Besonders wenn wir auf dem kalten Schlitten sitzen auf der Halde.

Unser ganzes Geld ist ausgegeben. Das macht nichts. Die Freude ist im Anschauen.

Aber dann sehen wir den Stand, der letztes Jahr nicht da war. In hohen Gläsern schweben die Blüten in leuchtenden Farben. Auf dem Boden des Glases liegt eine offene Muschel und an der Oberfläche schwimmt ein winzig kleines Fischle aus Plastik. In Körble liegen Häufle von geschlossenen Muscheln, grosse, kleine und mittlere. In der Menge suchen wir unsere Mütter. Wir ziehen sie bei der Hand bis zum Stand der Wasserblumen.

"Bitte, Mamma, bitte, bitte."

Mit einer Muschel in der Hand und dem Magenbrot für den Papa, gehen wir heim. Eine streckt ihre Zunge heraus und zeigt uns das Stückle türkschen Honig, das bis jetzt noch dauert. Wir sind neidisch. Nächstes Jahr sind wir vielleicht gross genug, um ein grosses Stück zu erbitten. - Vielleicht.

Der Krimi

Auf einem Eckle sitz ich am Küchentisch und schreibe. Aber meine Gedanken sind schon ganz woanders. Neben meinem Schulheft liegt eine alte Zeitung mit den Kartoffelschalen. Meine Mutter geht in die Hocke und legt ein paar Scheitle nach. Mein Papa liest den Allgäuer. Hinter der Zeitung steigt der Rauch seiner Pfeife auf und mischt sich mit dem Geruch der brutzelnden Würschtle. Endlich dreht sich meine Mama um und sagt ich soll den Tisch decken. Heute maul ich nicht. So schnell hab ich das Häuble noch nie auf den Füller gesteckt und ihn ins Mäpple getan. Das Schulheft verschwindet im Schulranzen und der landet auf der Gütsche. Der Tisch ist schon fertig gedeckt, als sich Mama mit der Schüssel umdreht. So schnell essen wir sonst nie. Papa macht den Fernseher an. Die schwarz weissen Nachrichten haben schon angefangen. Der Sprecher ist wie ein Familienmitglied. Er kriegt jetzt vorne weisse Haare. Während Mama das

Geschirr wäscht, hol ich noch schnell mein Heft heraus und schreibe den letzten Satz. Dann trockne ich, wieder ohne Maulen, die Teller, die mir meine Mama aus dem Spülwasser reicht. Ich mach schnell einmal das Fenster auf. Man sieht ganz schlecht im Rauch und Dampf in unserer Küche. Der Rahmen knirscht mit Frost und die Luft ist eiskalt.

„Mach zu," ruft mein Papa.

Also setz ich mich aufs Sofa gegen mein Lieblingskissen. Mama macht das Licht aus, gerade als die Musik des Krimis anfängt. Ganz aufrecht sitzen wir da und sind schon jetzt gespannt. Keiner spricht ein Wort. Als es gerade am spannensten ist, geht die Küchentür auf. Meine Oma kommt aus dem ersten Stock. Vermutlich hat sie während dem Krimi geredet, was meinen Onkel furchtbar aufregt. Ich muss mein Kissen aufgeben. Der Kommisar trägt, wie alle Polizisten, einen dicken Mantel und Hut. Wie soll man auch sonst die Guten und Bösen unterscheiden. Er fragt eine Frau aus.

„Das ist doch die, die in dem Spielfilm war", sagt meine Oma.

„Nein, das ist sie nicht, das ist die andere, die ihr ähnlich sieht", antwortet meine Mama.

Mein Papa und ich lehnen uns vor. Jeder Satz ist wichtig. Wir wollen beide im Voraus wissen, wer bei dem Juwelier den Schmuck gestohlen hat.

„Die schaut genauso aus wie die vom Plattenbichl, die ein Verhältnis hat mit dem vom unterern Markt. Du weisst doch, der den Bruder hat der…,..", sagt meine Oma.

„ Ja das stimmt. Aber der Kerl ist nicht der mit dem Bruder, sondern der andere der verheiratet ist", meint meine Mutter.

Papa steht auf. Schon am Geräusch vom Stuhl, der jetzt das Lenoleum verkratzt, hör ich, dass er sauer ist. Er dreht den Knopf bis zur grössten Lautstärke, die nicht sehr stark ist, die aber den Fernseher zum Zittern bringt. Beide sitzen wir vorgelehnt da, mit den Ellbogen auf dem Tisch. Endlich ist Stille. Jetzt hat jeder seine Idee wer den Einbruch gemacht hat. Und plötzlich sitzen wir im Dunkeln. Das Bild ist zu einem Punkt geworden. Wir kennen die

Routine. Mama macht das Licht an. Papa dreht den Fernseher um und holt das Löteisen und Mama und ich suchen überall das winzige Dösle mit dem Lötfett. Wir sitzen da und starren in die Innereien des Fernsehers. Ein Fädle von Rauch zeigt, dass das Löteisen etwas gefunden hat.

„Das war nicht die vom Plattenbichl, die den schiefen Kerl hat, sondern die vom Faltenbach", sagt meine Mama plötzlich in die Stille hinein.

„Ja genau, die ist es. Da hast Du recht", freut sich meine Oma.

Mein Papa dreht sich um und sein Blick sagt alles. Er braucht Stille. Er dreht den Fernseher wieder um und steckt den Stecker in die Steckdose. Wir halten den Atem an. Der Ton kommt als erstes und dann das Bild. Freudestrahlend gratulieren wir ihm alle gleichzeitig. Mama macht das Licht aus. Die hübsche Sprecherin sagt:

„Und damit ist unsere heutiges Program beendet."

Der Winnetou

Fräulein Petzolds Stimme wird immer dünner. Draussen vor dem Fenster ist der Himmel blau. Die Berge verschwinden wie die Stimme und auf der Prärie reitet der Winnetou. Schön schaut er aus in seinem bestickten, weissen Anzug. Ganz grad und stolz sitzt er auf seinem Pferd. Meine Freundin stubst mich mit ihrem Fuss. Fräulein Petzold schaut auf mich herunter. Ihre Augenbrauen versuchen mir zu helfen, die Antwort zu finden. Ich kann ihr nicht sagen, dass ich ihre Frage nicht gehört hab. Fräulein Petzold ist eine liebe Lehrerin. Sie wäre sicher traurig. Also schau ich so dumm aus wie ich kann und zähle. Bei sieben fragt sie ein anderes Mädle. Ich schäm mich, denn diese Antwort hätt ich leicht gewusst. Aus dem Augenwinkel schau ich zum Fenster. Der Winnetou sitzt auf seinem Pferd und wartet.

Am Nachmittag machen wir die Hausaufgaben zusammen. Eine summt und alle stimmen ein. Die Winnetou Melodie. Immer wieder reitet er über unsere Schulhefte. Seit fast einem Jahr sind die Apachen in unserem Leben. Wir wachen morgens in einem Teepee auf und schlafen unter einer handgewebten Decke. Im Schulhof haben wir aufgeregte Gepräche was besser wär....Winnetous Schwester zu sein oder seine beste Freundin. Ich kämm meine Haar immer wieder, damit sie so glatt sind, wie die einer Indianerin. Viele haben das Buch gelesen. Manche haben es sogar daheim. Eine Freundin behauptet ihr Opa habe die ganze Sammlung der Karl May Bücher. Mein Papa hat im Dachboden seinen Karl May gefunden. Ganz aufgeregt hab ich angefangen ihn zu lesen. So eine Enttäuschung. Keine Apachen waren drin, sondern Egypter. Das Buch liegt seitdem auf dem Regal.

Aber wir brauchen gar keine Bücher. Unser Winnetou ist überall dabei. Er reitet neben unseren Fahrrädern und er taucht in den Freibergsee. Wir erfinden einfach neue Abenteuer.

Aber diesen Samstag kommt er wirklich. Das Kino spielt Winnetou II. Erst waren wir ganz aufgeregt. Aber jetzt sind wir ruhig. Wir haben alles zusammen geplant. Was wir anziehen werden und wo wir sitzen werden. Das ist das wichtigste. In der vierten Reihe, damit wir mitten in den Schluchten und auf der Prärie sind. Wir werden den Winnetou ganz nah vor uns haben und endlich neben ihm reiten können.

Am Samstag darf ich ausnahmsweise später essen. Ich schlupf in meinen neuen Mantel. Draussen ist es schön kalt. Meine Oma wollte, dass ich am letzten Sonntag in dem neuen Wintermantel mit ihr in die Kirche geh. Aber es war zum Glück zu warm. Alles ist genau so wie wir es geplant haben. Nur das goldene Ührle darf ich nicht tragen.

"Das Ührle ist fürs ganze Leben. Es wär doch schad, wenn Du es jetzt verlieren wür-dest", hat Oma entschieden.

"Chic siehst Du aus", sagt Mama und rührt etwas auf dem Herd.

Der Dampf steigt auf und sie macht den Deckel zu. Sie macht das Ofentürle auf und legt ein paar Scheitle zu. Drinnen glüht es wie das

Lagerfeuer der Apachen. Ich halt es nicht mehr aus. Ich muss ins Kino.

Mein neuer Mantel kratzt. Die Wolle hat kleine Böppele und der Kragen geht in einen Schal über. Mit einem eleganten Schwung werf ich ihn um meinen Hals. Aber schon beim Stenger ist es mir viel zu heiss und der Schal hängt schlaff herunter. Ich beeil mich. Ich will nicht zu spät kommen. Ganz fest halt ich die Münzen in meiner verschwitzten Hand. Als ich ums Eck komm, ist der Himmel dunkel. Das Licht strömt aus dem Kino. Aber daussen steht keiner. Die letzten Schritte renn ich. Auch in der Halle is niemand zu sehen. Ich zieh an der Tür. Aber sie bleibt zu. Jetzt sind sie alle drin. Meine Freundinnen in der vierten Reihe und ganz Oberstdorf. Nur ich steh draussen in der Kälte. Ein bissle wart ich noch, aber keiner kommt. Ich probier die Tür ein letztes Mal, aber ohne Hoffnung. Tränen laufen mir übers Gesicht auf dem Heimweg. Eine alte Frau sieht mich und hält an:

"Aber mein Kind..."

Ich lauf noch schneller. Ich will nur heim. Noch nie war die Stiege so schwer in den zweiten Stock hinauf. Nur nach schlechten Noten in der Schule. In der Küche repariert Papa den Fernseher. Mama dreht grad den Salat. Zwei Teller sind auf dem Tisch. Besorgt sehen sie aus, meine Eltern. Jetzt kommte alles heraus in einem riesigen Schluchzer. Mama und Papa schauen sich an. Sie haben nichts verstanden. Ich erzähl es alles nochmal. Die geschlossene Tür, das ausverkaufte Kino, Winnetou.

"Also das gibt es doch nicht. Ausverkauft für einen Indianerfilm...", sagt Papa.

Ich bin sprachlos vor Wut. Unsere Apachen einfach Indianer.

"Wann ist denn die Vorstellung?", fragt Papa und schaut auf seine Uhr.

Er wirft mir den Schal um den Hals, nimmt mich bei der Hand und schiebt mich zur Tür hinaus.

"Abers Essen", protestiert meine Mama im Hintergrund. "Der Salat wird doch ganz..."

Aber mein Papa hat die Tür schon zugemacht. Im Laufschritt läuft er zum Kino und ich renne neben ihm. Der Schal kratzt meinen schwitzenden Hals. Aber ich will keine Scheitle in den Weg werfen auf unserem Weg zum Kino, zu meinem Winnetou. Als wir ums Eck kommen steht eine Gruppe von Oberstdorfern vor dem Kino. Und davor meine Freundinnen. Sauer schaun sie aus schon von weitem. Ich lass die Hand los von meinem Papa und renn zu ihnen.

"Wir werden ganz hinten sitzen müssen wegen Dir." "Oder ganz vorne." Was hast Du denn so lang…?"

Wir kaufen schnell die Eintrittskarten und sitzen genau da wo wir geplant hatten. In der vierten Reihe genau in der Mitte. Ich stecke das Wechselgeld in meine Manteltasche und finde ein Butterbrot mit Salami drauf und die Winnetou Musik füllt das Filmtheater.

Turnstunde

Fräulein Schaumberg hat es gesagt, ab Montag kriegen wir Turnstunden. Sie hat uns sogar die Turnhalle gezeigt. Wir stehen in der offenen Tür und bewundern die Halle, ganz aus Holz, mit einem hölzenen Boden, der wie ein Spiegel glänzt. In die Turnhalle dürfen wir erst, wenn wir Turnschuhe haben. Wenn wir fleissig turnen könnten wir später sogar zum Turnverein gehören.

Ganz aufgeregt kommen wir heim. Am Samstag steigen wir alle drei in unseren Käfer. Meine Mama war beim Friseur Stenger und sie sieht sehr elegant aus. Mein Papa im Anzug und Kravatte und ich in meinem neuen Kleid, das kratzt und zwickt. Sogar der Käfer hat frische Blumen in der kleinen Vase. So fahren wir nach Sonthofen ins Kaufhaus. Der Kauf der Turnschuhe geht viel zu schnell für so einen aufregenden Tag. Das Paket darf ich nicht aufmachen, damit die Schuhe am Montag noch immer weisse Sohlen haben.

Am Montag stehen wir endlich in der Tür der Turnhalle. Schnell ziehen wir alle unsere Turn schuhe an, aber in meinen linken Schuh will mein Fuss schon garnicht rein. Alle sind fertig und schauen mich an, wie ich da auf der Bank sitze. Mein linker Fuss ist zu gross. Fräulein Schaumberg kommt und schaut sich das Problem an. Die Verkäuferin hat zwei rechte Schuhe in zwei verschiedenen Grössen in das Paket getan. So steh ich weinend in der Ecke, während meine Klassenkameradinnen sich in zwei Reihen austellen. Jedes Paar nimmt sich bei der Hand und macht einen hohen Bogen. Durch diesen Tunnel läuft immer das letzte Paar und stellte sich vorne wieder hin. Alle zusammen singen ein Lied. Mir rollen weiterhin die Tränen über die Backen. Aber irgendwann fang ich an mitzusingen und am Ende darf ich ausnahmsweise mit einem Turnschuh und einem Kniestrumpf durch den Tunnel laufen.

Sonntag am Söllereck

Meine Freundin und ich haben alles vorbereitet, bis zur roten, warmen Strumpfhose unter der Skihose. Wir haben genug Geld für die zwei Busfahrten und eine Auffahrt. Es ist noch früh, aber das Söllereck leuchtet schon in der Sonne, als wir zum Bahnhof laufen. Liebevoll in eine dicke Wolldecke eingewickelt, sitzen wir endlich im Lift. Nur an den Stützen rottelt es, danach ist Stille, und das Summen des Seils. Ein Reh lupft den Kopf and frisst weiter. Wir reden nicht, zu aufgeregt endlich oben zu sein. Das Ratteln der Bergstation, die Angst die Ski nicht rauszukriegen, Wir sehen uns an und öffnen den Bügel. Befreit von der Decke stehen wir draussen in der Sonne. Wir schnallen unsere Ski an und fangen an den Hang hinauf zu klettern. Dort oben wollen wir sein.

Wir ziehen unsere selbstgestrickten Mützen aus und klettern weiter. Unter uns ist das

Hexenmuster das wir gemacht haben. In jeder Pause shauen wir uns um. Immer mehr Berge erscheinen über den Bäumen. Oben setzen wir uns auf die Ski and schauen auf die Bergstation hinunter. Mehr Gondeln werden eingehängt und bunte Mützen erscheinen vor der Tür. Die ersten klettern den Hang rauf und wir beschliessen loszufahren. Unsere Ski sind alt, ohne Kanten und das Holz hat tiefe Kratzer, die auch das Wachs nicht ausbessern kann. Die Oberseite is hellblau, meine Lieblingsfarbe, und ich bin stolz auf meine Ski. Vorsichtig fahren wir in die Buckelpiste. Auf dem Buckel ist es leicht zu drehen und wie ein richtiger Skifahrer auszusehen. Viel zu schnell ist es vorbei. Also steigen wir wieder rauf, wie daheim auf der Halde. Wir sind es gewöhnt, uns den Genuss der Abfahrt zu verdienen. Beim zweiten mal fahren wir noch besser. Aber beim dritten mal sind Erwachsene Skifahrer auf der Piste. Ihre Metallkanten kratzen über die Buckel und machen uns Angst. Also bleiben wir unten und schauen zu und lernen. Die Sonne ist jetzt hoch am Himmel. Fräulein Petzold hat gesagt wir werden am Montag malen, eine Landschaft. Ich schaue mir den Himmel wieder an. Jedesmal, wenn ich ihn so blau male wie er in Oberstdorf ist, schaut mein Bild wie Nacht aus und ich muss Sterne draufmalen, um es etwas aufzuheitern.

Wir fahren los, die Piste hinunter, schön langsam von einer Seite auf die andere, verschämt im Pflug an den steileren Stellen. Im Schatten kratzt es schon. Auf der Piste steht meine Tante Bertl mit ihrer Freundin Traudl. Sie schauen in die Berge und sehen glücklich aus. Wir halten an und sagen Grüss Gott. Ein paar Nachbarn stellen sich zu uns, bewundern das schöne Wetter, das Glück das wir haben und fahren weiter. Fast alle, die vorbeifahren, rufen einen Gruss herüber. Die Piste herunter kommt Steiner Willi. Wir sind stumm vor Bewunderung. Kein Blatt Papier würde zwischen seine Ski passen, als er vorbeiwedelt. Hinter ihm fährt eine Schülerin. Eine Fremde, leicht daran zu erkennen wie sie den Hals hält. Wir fahren weiter und versuchen zu wedeln. Haha. Wir lachen schliesslich und fahren im Pflug weiter. Wir finden einen schönen Platz in der Sonne mit Blick auf ein grosses Stück Piste. Meine Skihose hat Reisverschlüsse mit Kettle und Böllele. Ich bin sehr stolz darauf. Das Butterbrot mit Salami Scheiben ist zerquetscht in meiner Hosentasche in einer Papiertüte. Wir essen es trotzdem. Das Schwarzbrot kommt von Bäcker Neidhart, der viel Kümmel reintut. Ich schau mir meine Salami genau an. Aha, da ist ein fast ganzes, grünes Pfefferkorn. Das hebe ich mir für zuletzt auf. Der Geschmack wird mich den ganzen Nachmittag begleiten. Wir sitzen auf unseren Ski und lachen über die Fremden, die vor Angst quietschen, auf der Eisblase im Schatten. Englische Soldaten kommen vorbei. Die labbrigen Uniformen sind voller Schnee, so oft sind sie schon gefallen. Genau vor uns haut es so einen jungen Mann wieder hin. Ein Ski saust durch die Luft und er humpelt ihm nach. Wir lachen nicht. Sie schauen alle so kalt aus.

Schliesslich fahren wir weiter. Aber obwohl wir soviel Piste wie möglich nützen, kommen wir doch an der Talstation an. Wir überqueren die Mulde und klettern drüben rauf. Es ist nicht so gut wie die Piste, aber besser wie die Halde. Die Luft wird kälter, die Sonne blass. Es ist Zeit. Wir beschliessen nicht den Bus zu nehmen, sondern bis ins Tal zu fahren, obwohl wir daheim versprochen haben, es nicht zu tun. Die Fahrt ist nicht leicht. Unsere dünnen Beine sind verkrampft. Die Ski rutschen auf dem Eis und bleiben in Furchen hängen. Wir fühlen uns schuldig. Schliesslich stehen wir über dem letzten Hang. Braune Stellen warnen vor Steinen. Unter uns liegt das Dorf. Der Schatten hat es schon überschwemmt. Blauer Rauch steigt aus den Kaminen und legt einen Schleier über die Dächer. Vorsichtig steigen wir den Hang hinunter. Erst im Tal atmen wir auf. Wir lockern die Bindung und laufen mit den Ski durch den Schnee. An der Strasse ist er braun und Autos spritzen uns an. Die Strasse kratzt unsere Ski. Wir geben es auf. Wir ziehen unsere Ski aus und lockern die Schnürsenkel an unseren Skistiefeln. Kalonk Kalonk machen sie bei jedem Schritt. Als wir an der Kirche vorbeilaufen, drehen wir uns um. Da oben am Berg ist noch ein bissle rosane Sonne.

Kurgäscht

Meine Eltern haben die ganze Wohnung neu tapeziert. Der nasse Geruch vom Kleister streicht durch das ganze Haus. Unser Wohnzimmer ist jetzt ein Doppelzimmer und der Fernseher hat einen neuen Platz in der Küche, neben dem Wellensittich. Das Schlafzimmer ist ein Dreibettzimmer geworden und meine Eltern und ich schlafen von jetzt an in der grossen Dachkammer, wo man nur an einem Streifen gerade stehen kann. Wie alle anderen haben wir jetzt Fremdenzimmer. Meine Mama wird nicht mehr so viel arbeiten müssen. Mir wird eingebleut das gute Händle zu geben und einen Knicks zu machen. Statt "Grüss Gott" muss ich jetzt "Guten Tag" sagen. Dann warten wir auf die ersten Gäste. Mit ihren Koffern stehen die fremden Leute vor der Tür. Ich muss alle mit Onkel oder Tante anreden. Ich bin fasziniert. Unter der Eckbank in der Diele versteckt, höre ich ihren Gesprächen zu. Wenn meine Mama die Zimmer aufräumt, steh ich da und schau zu, mit meinen Händle am Rücken gefaltet, weil ich nichts anlangen darf. Ich rieche die fremden Seifen im Badezimmer (wir benutzten nur La Maja aus Spanien). Ich liebe die Regentage, an denen diese, immer wieder wechselnden Onkel und Tanten, nichts anderes zu tun haben, als mit mir Schach oder Mensch Ärgere Dich Nicht zu spielen. Manche würde ich gern behalten, wie die zwei Klosterschwestern, die in einem Waisenhaus arbeiten und mir Lieder beibringen.

Ein paar Burschen kommen zum Bergsteigen. Zur gleichen Zeit haben wir eine Dame mit Tochter. Sie treffen sich nie. Die Bergsteiger gehen schon vor Sonnenaufgang in den Bergstiefeln, ganz vorsichtig, die Treppe hinunter. Eines Nachts habe ich einen Alptraum. Ich schrei nach meiner Mama und dann nach meinem Papa, aber die sind nicht da. Meine Mama arbeitet im Wittelsbacher Hof und mein Papa in seinem Büro im Garten. So schrei ich Tante und Onkel. Einer der Bergsteiger kommt mit der Taschenlampe und macht mein

Lichtle auf dem Nachtkäschtle an. Gleichzeitig kommt die Tochter der Dame. So sitzen sie auf meinem Bett im Nachthemd und Schlafanzug. Sie erzählen mir Geschichten und singen mir zweistimmig vor.

(Im nächsten Jahr kamen sie wieder – auf Hochzeitsreise. Jahrelang bekamen wir Weihnachtskarten und Photos von ihren Kindern.)

Ein Mann kam mit seiner sehr jungen Frau. Sein amerikanisches Auto blockierte unseren Parkplatz. Er hätte eine grosse Fabrik, erzählte er. Seine Frau zeigte mehr Brust und Bein als ich jeh gesehen hatte. Ich war dreizehn und sehr beeindruckt. Sie sah aus wie Uschi Glas und hatte kurze Haare. Meine Anbetung gefiel ihr und sie schenkte mir einen braunen Spitzenbüstenhalter. Und damit ich ihn gut vorzeigen konnte, auch noch eine durchsichtige Bluse dazu. Ich machte mich sofort auf den Weg zu Maxi, die im Unteren Markt lebte. Ich war kaum unterhalb der Kirche, als meine Mutter mich mit dem Fahrrad und einer Strickjacke einholte. Die Neuigkeit hatte sie schneller erreicht as ich die Maxi. Der Mann kam oft übers Wochenende mit seiner Frau und dann eines Tages zum Skiurlaub mit seinem Sohn. Der Sohn zeigte uns seine Familienphotos mit seinem Papa und seiner Mama, die sehr korpulent war mit Haaren wie Zuckerwatte.

Ein paar Frauen kamen für zwei Wochen mit ihren Töchtern, die elf waren, genau wie ich. Die eine Tochter war sehr blass, was der Grund für den Urlaub war. Die Mütter baten um eine grosse Schüssel, ein Messer und zwei Gabeln. Sie schnitten eine Papiertüte voll Tomaten und rote Zwiebeln und mischten das ganzen mit einem Topf Mayonaise. Dann gingen sie aus. Spät in der Nacht kamen sie kichernd wieder. Jetzt machten sie den Salat für Mittag und liessen fürs Abendbrot belegte Brote, vom Frühstückstisch. Innerhalb von einer Woche kamen sie erst zum Frühstück heim und dann noch später. Die Mädle durften das Zimmer nur verlassen, um aufs Klo zu gehen. So brachte ich alle meine Spielsachen einfach ins Zimmer. Eine richtige und eine falsche Barbie, einen Schuhkarton halbvoll mit Legos und das Mensch Ärgere Dich Nicht. Eines morgens standen zwei Männer vor der Tür und bestanden darauf ihre Frauen und Töchter zu sehen. Die zwei Mütter erschienen zwei Stunden später und ich wurde zum Lädle geschickt, um einen Würfel Hefe zu holen für Dampfnudeln. Das war so ungerecht, wie die letzte Seite aus einem Buch zu reissen. Als ich mit dem Hefewürfel heimkam, wechselte meine Mama gerade die Bettwäsche. Die Gäste waren abgereist.

Ein Ehepaar kam jedes Jahr um die gleiche Zeit. Sie bekamen die beste Note von meiner Mutter : MAN MERKT SIE KAUM.

Die schlechteste war: ICH BIN FROH WENN SIE WIEDER WEG SIND.

Wir freuten uns jedes Jahr auf das glückliche Paar, das Hand in Hand in die Täler ging. Dann kamen sie eines Abends nicht heim. Bei der Polizei erfuhren wir, dass sie auf einer Bank von einem Raudi angefahren wurden und im Krankenhaus lagen. Zuerst gingen wir zur Frau, die mit zwei gebrochenen Beinen im Krankenbett lag. An ihrem Bett sass ihr besorgter Ehemann, der gerade erst angereist war. Meine Mama zog mich aus dem Zimmer bevor ich etwas sagen konnte. In der Männerstation ging es uns nicht besser. Am Bett ihres Mannes, sass eine Frau, die ganz weiss war vor Sorgen.

Ein einzelner Gast verschwand nach fast drei Wochen, ohne zu zahlen. In der Wohnung fehlten auch allerhand Sachen. Mein Papa erstattete eine Anzeige, zog seinen besten Anzug an und ging zum Gericht. Der Rechtsawalt der Verteidigung, erzählte von der schrecklichen Kindheit und Jugend des Angeklagten. Mein Papa war so berührt, dass er die Anzeige zurückzog, vor einem stinksauren Richter.

-

Papas neue Hose

"Also Fritz, die Hose ist ja schon ganz durchsichtig. Die kannst Du nicht mehr anziehen."

Das hab ich schon öfter gehört. Aber Papa will nicht zum Einkaufen fahren. Diesmal muss er es doch zugeben. Der Hosenboden ist wirklich zu dünn. Am Samstag stehen wir vor unserem Käfer. Mama war extra beim Stenger und hat eine ganz neue Dauerwelle. Papa trägt seinen Anzug und seine schönste Kravatte. Ich muss meinen neuen blauen Faltenrock tragen. Er ist noch etwas gross, aber ich werd schnell hineinwachsen. Vorläufig rutscht er immer wieder herunter und meine Bluse hängt auf einer Seite heraus. Mama bückt sich vorsichtig und zieht den Rock wieder hoch. Sie freut sich auf die Fahrt nach Immenstadt. Mama liebt Ausflüge. Nur Papa ist grantig. Mama sitzt ganz grad vorne und hält ein Sträussle aus dem Garten. Die kleine Blumenvase vom Armaturenbrett ist neulich heruntergefallen und zerbrochen. Beim Eltrich tanken wir und Mama geht rein um ein neues Väsle zu holen.

"Das gibts doch nicht. Die Väsle sind jetzt verboten. Die sollen gefährlich sein. Was mach ich denn mit meinen Blumen. Ich kann sie doch nicht einfach wegschmeissen."

Herr Eltrich findet eine kleine Vase in einer Schublade und stellt sie mit dem Sträussle auf seinen Schreibtisch.

Ich sitz verkehrtrum auf dem Rücksitz und schau in den Himmel hinauf. Schön wars als ich noch kleiner war. Da passte ich noch in das Gräble hinter dem Sitz und konnte grad hinauf durch das Rückfenster schauen. Papa hat nach dem Tanken seine Pfeife angezündet. Die Luft im Auto ist blau. Ich bettle so lange bis er sein Fenster ein bissle aufmacht. Mama schimpft. Ihre Dauerwelle wird durch den Wind leiden. Papa kurbelt das Fenster ein bissle rauf, ein bissle runter. Bis zum Alten Berg, denn dort wird mir schlecht. Das ganze Frühstück liegt in einer Lache am Strassenrand und ein Teil ist auf meinen Sonntagschuhen. So schön geglänzt haben sie, als wir losfuhren und die kleinen Risse waren durch die weisse Farbe garnicht mehr zu sehen. Mama geht in die Hocke und reibt mit einem Taschentuch, aber das Eigelb geht nicht weg. Ich fühle mich schuldig. Jetzt ist Mama auch sauer. Auf der Strasse von Sonthofen nach Blaichach schaue ich in die grossen Alleebäume hinauf. Riesig sind sie. Mein Magen hüpft bei jedem Schlagloch, aber ich sag besser nichts mehr. Und dann sind wir endlich in Immenstadt. Papa hält vor dem Herrengeschäft. Seine strahlendblauen Augen sind jetzt ganz dunkel. Mama schaut auf meine gefleckten Schuhe. Ich möchte so gerne die Kirche von innen sehen. Vielleicht könnte ich meinen nächsten Aufsatz darüber schreiben und eine gute Note erhalten. Mama schaut auf meinen Rock. Ich halte ihn auf beiden Seiten fest, damit er nicht rutscht. Mit einem grossen Schnaufer gehen wir zu dritt durch die Tür ins Geschäft für Herrenbekleidung. Drinnen ist es so still und schattig wie in einer Kirche. Ganz erfürchtig steh ich da. Ich weiss schon warum Papa nicht gerne einkauft. Er ist kleiner als meine Mama.

Viele witzige Bemerkungen muss er deswegen einstecken. Aus dem hinteren Teil des Herrengeschäftes, wo alles grau und schwarz ist, kommt ein grosser Mann. Ich entdecke endlich einen farbigen Fleck – den Kravattenständer. Mamas Blick lässt mich meine Hand zurückziehen. Der Mann zieht mit einem eleganten Schwung das Massband von seinem Hals und misst meinen Papa. Und jetzt kommt genau das, was er so hasst.

"Knabengrösse", erklärt der Herr.

Da ist es wieder. Viel schlimmer als die Witze seiner Freunde. Schwarz auf weiss, gemessen und geurteilt. Knabengrösse. Oma fühlt sich deshalb schuldig. Sie hatte bei Papas Geburt keinen Tropfen Milch. So blieb er halt klein.

Ich bleibe bei den Kravatten und bewundere die seidigen Stoffe und Farben. Die Gürtel daneben sind genauso langweilig, wie die Hosen.

Auf dem Weg aus dem Geschäft nehmen sie mich mit. Papa hält das Paket schön eingewickelt in blaues Papier mit einer Schnur drumrum. Vielleicht krieg ich das Papier zum Malen. Die Schnur kommt in die Schublade, wo alle

Schnüre sind. Aber jetzt gehen wir erst in die Gastwirtschaft gegenüber. Schweinsbraten mit Knödel aus eigener Schlächterei. Gross ist der Saal und viele Leute sind da. Teller klappern und die Stimmen summen, wie die Bremsen im Sommer. Ich krieg einen Teller und all das was ich liebe - das Blaukraut von Papa und Mama, Sosse und einen Knödel. Alle sind jetzt fröhlich. Die neue Hose ist aus einem guten Stoff. Sehr gute Qualität. Sie wird viele Jahre halten. Papa ist wieder Papa und erzählt Witze. Mama ist gross und elegant. Ich bin stolz auf sie, wie sie sich so gerade hält. Nach dem Essen, auf dem Weg zum Auto, rutscht mein Faltenrock nicht mehr und ich darf das Paket tragen. Papa zündet seine Pfeife an und wir fahren heim. Der Grünten steht über uns. Und dann sieht man, ganz weit weg unsere Berge. Noch vor Ende der Allee von Bleichach nach Sonthofen wird mir schlecht. Diesmal seh ich die Berge nicht aufsteigen. Ich bin auf dem Rücksitz eingeschlafen. Das Papier hab ich zum Malen bekommen und ausnahmsweise sogar die Kordel weil ich so bravwar.

S Lädle

S Lädle war ein Teil unseres Lebens. Dahin gingen unsere Mütter, um zu erfahren, für wen das Totenglöckle geläutet hatte. Und die erste Ausfahrt mit dem Kinderwagen ging auch zum Lädle. Da sahen wir zum ersten Mal unsere Nachbarinnen, wie ein Kranz von lächelnden Gesichtern über dem Kinderwagen. Später sassen wir stolz auf dem Arm von unserer Mama, mit unseren kleinen Händle, die sich an der Jacke festhielten. Sobald wir stehen konnten, hielten wir uns an dem Brettle fest, auf das die Mama ihre Einkaufstasche stellte. Wir wurden gelobt, als wir die ersten Schritte an der Hand der Mama zum Lädle laufen konnten und waren gross, wenn wir es schafften, den ganzen Weg mit ihr zu laufen. Die Nachbarinnen zwickten unsere Nasen und sagten:

„So Du Riebele."

Es war gut gemeint, auch wenn es manchmal weh tat, wegen dem Schorf in der Nase. Manche nahmen gleich beide Backen und wackelten mit unseren Köpfen. Unsere Mütter waren stolz, wenn man ihnen sagte, wie gross wir waren. Aber als eine Nachbarin zu mir sagte, ich sei ein Krischpele und solle mehr essen, war meine Mutter entsetzt. Sie lief mit mir bis in die Kurplatzapotheke und gab das ganze Einkaufsgeld aus, für einen Saft namens Rotbäckchen. Auf dem Etikett war ein Kindergesicht mit riesigen roten Backen, die eher wie ein wunder Hintern aussahen Dann kaufte sie auch noch eine Flasche Lebertran mit Orangengeschmack. Ein Gläsle sollte ich von dem ersten jeden Tag trinken und zwei Löffel von dem Zweiten. Ich fühlte mich schuldig. Die Nachbarin hatte es zu mir gesagt, dass ich nicht genug esse. So waren am nächsten Morgen beide Flaschen leer.

Gross waren wir wirklich, wenn wir zum ersten Mal alleine ins Lädle geschickt wurden mit ein paar Münzen, die in unseren, vor Aufregung verschwitzten, Händle bappten. Der Besitzer vom Lädle gab uns a Guatsle. Die, die wie Himbeeren aussahen, dauerten länger, aber die die in einem Papierle wie eine Erdbeere aussahen, durfte man erst auswickeln und hatten Erdbeermarmelade drin. Unsere Schultüte wurde im Lädle gefüllt und auf dem Heimweg von der Schule hielten wir an und schauten durchs Fenster. Dort stand der Himbeersirup. Wir diskutierten lange über das richtige Quantum Sirup für unseren Griesbrei. Wir warteten auf die ersten Weihnachtsmänner und freuten uns auf die Mandarinen, die den Klausentag ansagten. Der Geruch der ersten Orangen mischte sich mit dem Zimt und Nelken der Lebkuchen im Lädle. Da standen wir mit der gefrorenen Schlittenschnur in unseren handgestrickten Handschuhen und schauten durchs Fenster, das in der Ecke Eisblumen hatte. Die erste Fahrt mit dem neuen Fahrrad ging ins Lädle, wo wir es mit einem stolzen Schwung in den Radständer schoben. Das Fenster war voller Osterhasen und Enten, von Ostereiern umringt, in einem Nest von grünen Papierfäden.

Unsere Mütter entliefen den Sorgen daheim, indem sie schnell etwas vom Lädle brauchten.

Auch gute Nachrichten wurden sofort geteilt. Zum Ratschen gab es immer jemanden, der Zeit hatte an der Ecke zu stehen. Sorgen wurden so geheilt und irgendetwas gab es immer zum Lachen. Wir standen dabei und zogen am Rock, wenn es gar zu lang dauerte.

Das Blättle erwarteten alle jede Woche. Meine Mama las mir die Fortsetzung der Geschichte vor, während sie darauf wartete, dass die Dampfnudeln den Deckel lupften. Die ersten Plastiktüten bekamen unsere Mütter nur, wenn sie gleich mehr auf einmal einkauften. Sie wurden sorgfältig gewaschen und mit Stolz auf die Wäscheleine gehängt. Zu einem Geburtstag, oder einfach um jemandem eine Freude zu machen, kaufte Mama grosse Schachteln Pralinen, die ganz oben auf dem Regal im Lädle standen. Die schönsten hatten roten Samt auf der Schachtel und eine Schleife. Auf der Rückseite waren alle Pralinen abgebildet, mit Pistazien, Eierlikör und Krokant gefüllt.

Wir hatten genauso viel Freude am Sehen wie am Haben. So standen wir oft vor dem

Fenster beim Jahn und schauten der kleinen Nebelhornbahn zu. Aber immer wieder kehrten wir ins Lädle zurück, wo der Besitzer in seinem grauen Kittel graue Haare bekam und sich freute, dass wir jetzt schon fast so gross waren wie er.

5 Nähkäschtle

Mein erstes Spielzeug war das Stopfei meiner Mama - seidig glänzend von Wolle und Händen, schwer und so gross für meine kleinen Händle, dass es mir immer wieder entwischte. Es lebte im Nähkäschtle, im Kämmerle, wo die Decke grad hoch genug war für mich. Das Nähkäschtle war mir viele Jahre lang verboten, so wie Tatas Nähmaschine auf der es stand. Auf unserem Nähkäschtle lagen immer viele Socken, weil meine Mama arbeitete. Wenn ein Socken ganz hoffnungslos war, musste ich ihn zu Tante Lisi bringen. Sie war die einzige, die eine ganz neue Ferse hineinstricken konnte. Stopfen war eine Kunst. Im Zimmer von Oma und Lisi standen zwei Nähkäschtle auf einer Komode und warteten nur darauf, dass sie gebraucht wurden. Das Holz von Lisis Käschtle war dunkel von den vielen Jahren, aber das meiner Oma hatte eine goldgelbe Farbe, wie der Himmel über Oberstdorf, wenn die Sonne an einem heissen Sommertag untergeht. Alle drei hatten drei Stockwerke. Wenn man den ersten Stock lupfte, kreuzten sich die Latten auf der Seite und es ging der untere Stock wie durch Zauberei auf. Wie Scheren öffneten sich die Latten. Sobald ich stark genug war die obere Etage zu lupfen, war ich nicht mehr zu halten. Ich musste es einfach verstehen und dann schallte schliesslich mein Schrei durchs ganze Haus, als die Latten meinen Finger hielten. Ein grosser Respekt blieb mir für Mamas Nähkäschtle.

Im Zimmer von Oma und Lisi war Stille wenn sie stopften. Ich sass auf einem Fussschemel den Oma im Kreuzstich mit Rosen bestickt hatte. Neben mir stand das Nähkäschtle und ich hatte die wichtige Aufgabe die richtige Wolle zu finden für den Socken. Auf Kärtle gewickelt waren sie im untersten Stockwerk aufgereiht. Die Kärtle waren von Lisi sorgfältig von alten Kalendern geschnitten. Die Wolle stammte von viel älteren Stricksachen, die so noch ein bissle weiterleben durften. Oma und Lisi hatten zwei Kriege mitgemacht und die schlimme Zeit dazwischen. Bei meinen Eltern war es nur ein Krieg. Wenn meine Eltern von der "schlechten Zeit" redeten, schien das Elend, wie die Haut durch die Ferse eines abgewetzten Socken. Aber auf meinem Schemel bei Oma und Lisi wurde es zur Gegenwart.

Ich genoss die Stille und sank hinein wie in ein Federbett, aber irgendwann sagte ich immer: "Verzähl, Lisi !" Dann wurde alles zur Wirklichkeit, mit den Farben und Gerüchen vom Trettach Hotel. Lisis Hände stopften einen Socken ohne jeh das Stopfei zu kratzen. Die Haut ihrer Hände war so dünn wie Seide, durch die die Venen scheinten. In ihren Erzählungen hatte sie kleine Kinderhände wie ich. Hin und her gingen die Geschichten zwischen Lisi und Oma, als ob sie sich ein Wollknäuel zuwarfen.

"Weischt Du no…..", fing die eine an und die andere beendete ihren Satz.

Sie lachten und schmunzelten und manchmal hatten sie Tränen in den Augen. Dann ging die Sonne zum Söllereck hinüber, sie machten die Nähkäschtle zu.

"Aber der Muscho…", bettelte ich.

"S näkschte mol", sagten sie, ganz plötzlich wieder alt, und ich kletterte heim in den zweiten Stock.

Eine enge, steile Treppe ging zum Dachboden und da stand ganz am Eingang das Nähkäschtle meiner Urgrossmutter, Maria Schäfer. Ganz anders als das unsere. Nicht etwas das man wegräumte, sondern ein Prunkstück. Es stand auf spindligen geschnitzten Beinen. Das Käschtle hatte drei Schubladen. Die vordere war voller Knöpfe. Das Perlmutter glänzte im Sonnenlicht, das durch das staubige Dachbodenfenster fiel. Manche waren winzigklein von den Hemtle eines Neugeborenen oder von Puppenkleidern. Da lagen Hirschhornknöpfe von Jankern und manche deren Metall jetzt ganz schwarz war. Die rechte Schublade war voller Wollknäuel. Oft flog eine Motte heraus. Die Knäuel waren von Motten zerfressen und die Farben verbleicht. Die Schublade machte ich fast nie auf. Die auf der linken Seite enthielt eine faszinierende Sammlung von Häkle.

Sogar ein paar kleine Instrumente mit Holzgriffen und einem Haken am Ende lagen auf einer Seite. Als ich endlich den Deckel lupfen konnte fand ich den Kasten voller Abteile in allen Grössen. Da waren Bändle sorgfältig aufgewickelt, Faden in allen Farben auf Holzrollen und mitten drin ein Taschentuch. Es war aus Baumwolle, aber so fein dass ich durchsehen konnte. Der Rand war gehäkelt mit dünnem Faden. Fast fertig, die dunkle alte Häkelnadel hing noch an der letzten Masche. Ich fragte mich, welche der vielen Geschichten, meine Urgrossmutter unterbrochen hatte, so dass sie dieses schöne Taschentüchle nie fertiggehäkelt hatte.

.

Das Photo

Ich stelle mich neben Mama auf dem Balkon. Brav lächeln wir. Aber Papa stellt erst einmal den Photoaparat ein. Dann hebt er ihn wieder hoch und geht ein bissle in die Knie. Wir heben unsere Backen und strecken unsere Rücken.

"Aber Fritz da sieht man ja den Himmelschrofen garnet, sondern bloss das Fenster und schau da sind ja Spinnweben."

Mama wischt sie schnell weg mit der Hand.

"Das verstehst Du nicht. Wenn ich ins Licht photografier schauts Ihr beide ganz schwarz aus."

Wir schauen zum Himmelschrofen hinauf. Schön schaut er aus im Föhn. Man könnte fast die Gemsen sehen.

Mit einem Blitz könnt es vielleicht gehen. Papa wurschtelt in der Phototasche. Er setzt den Blitz auf die Kamera. Wir stellen uns hin, strecken uns und lächeln.

"Fritz, ich hab den Braten im Ofen", sagt Mama ohne das Lächeln zu verlieren.

Sie schielt zu ihrer Küchenschürze auf dem Tisch. Die Birne vom Blitz hat viele kleine Sprünge und ist etwas schwarz. Papa holt den kleinen Karton aus der Tasche, aber er ist leer. Er macht den Blitz wieder ab und geht in die Hocke. Aber Mama ist verschwunden. Die Küchenschürze ist auch weg. Wir warten.

"So jetzt bin ich wieder da. Grad rechtzeitig hab ich noch ein paar Scheitle nachgelegt und den Braten übergossen."

Die Haare hat sie auch gekämmt. Schön ist sie meine Mama. Schnell zieht sie an meinen Fransen und steckt sie wieder zurück in meine Zöpfe. Papa macht sein Gesicht. Wir stellen uns etxtra grad hin und lächeln.

"Also Ingrid, halt doch den Kopf net so schief."

Er geht wieder in die Hocke und drückt auf den Knopf. Nichts. Er zieht an dem Hebel und der bleibt auf halbem Weg stecken. Die Rolle Film ist voll. Mama zieht die Schürze vom Balkontisch und geht wortlos in die Küche.

Am Montag Nachmittag gehe ich mit Papa ins Photogeschäft. Auf halber Höhe der Nebelhornstrasse ist der Heimhuber. Grosse Photos hängen dort, von Bergsteigern in einer Felswand, wo einem der Atem stecken bleibt. Aber so weit gehen wir nicht. Wir gehen in ein ganz kleines Geschäft weiter oben. Der Besitzer ist ein guter Freund von meinem Papa.

Er hat mir, als ich noch kleiner war, ein Paket Photopapier gegeben. Sobald ich daheim ankam, hab ich das getan, was er mir gesagt hatte. In der Sonne wurde das Papier, um ein Blatt unserer Eiche herum, dunkler. Auf dem Papier blieb der Eindruck des Eichenblattes, wie ein Wunder. Ein Spitzentaschentuch wurde noch schöner. Danach wollte ich nur noch eins - meine eigene Kamera haben. An Weihnachten hab ich sie bekommen und heut krieg ich meine erste Rolle Film. Papa und sein Freund lachen über die Geschichte mit dem Himmelschrofen. Es könnte schlimmer sein. Einer hatte eine ganze Hochzeit photographiert und der Film war nicht richtig eingehakt. So war kein einziges Photo drauf.

Papas Kamera hat ein braunes Lederetui. So rund wie ein Hut ist es vorne und ich frage mich wie man Leder so rund macht. Vorsichtig hol ich meine Kamera aus der Tasche. Sie ist schwarz und Kodak steht drauf. Papas Freund legt einen Film ein und erklärt mir alles, bis mir der Kopf schwimmt. Mit drei neuen Blitzbirnen und einem neuen Film in unseren Kameras gehen wir heim. Ausnahmsweise häng ich meine Kamera auf die Schulter. Ich fühl mich wie ein Reporter. Eine Woche später holen wir die Bilder ab.

"Sag einmal Fritz wie lang war der Film da drin. Schau amol wer da no drauf ischt."

Beide haben Tränen in den Augen. Ich trau mich nicht zu fragen.

Wochenlang planen meine Freundin und ich jedes Photo. Was wir anziehen, wo wir es machen und wie das Wetter sein muss. Monate später bekommen wir die Abzüge. Es scheint wie ein Wunder. Dass wir so hübsch sind wussten wir garnicht. Unsere Augen schauen in die Zukunft, schneidig, träumerisch mit einem bissle Angst.

Mama ist ganz aufgeregt. Mit ihrem braun-gebrannten Gesicht läuft sie durch die Wohnung. Die Dias vom Urlaub hat Papa vor ein paar Tagen abgeholt. Einen Projektor hat er auch gekauft. Die halbe Nacht lang hat er die Dias ausgewählt und in die Kästle eingeordnet. Goldfischle und Kartoffelchips stehen auf dem Tisch und eine Flasche Wein. Die Freunde meiner Eltern sind eingeladen. Und dann sitzen wir schliesslich alle zusammen im Dunkeln. Ich hock auf dem Teppich. Aus der Dunkelheit erscheint ganz plötzlich das Meer in Spanien auf dem frisch gebügelten Leintuch. Dann wieder Dunkelheit und dann mein Papa mit dem Emmentaler Blitz. Dann Mama im Badeanzug. Papa strahlt, wenn er die Oh und Ah hört. Ich denke an das Blatt unserer Eiche. Kein Wunder, dass Photographen so hoch angesehen sind.

Die Hörzu

Heute ist Freitag, der Tag an dem meine Oma und meine Grosstante Lisi die Hörzu holen. Sie gehen nie zusammen. So kann die eine der anderen eine Freude machen, indem sie ihr den Gang überlässt. Sie tun vieles so liebevolles für einander. Sie streiten auch nie.

"Weil sie die ganze schlechte Zeit miteinander verbracht haben", sagt Papa immer.

Die schlechte Zeit sind zwei Kriege, sagt Papa. Aber Mama sagt es war ein ganz langer Krieg. Oma und Lisi reden nicht davon. Sie erzählen viele Geschichten, die mit:

"Weisst Du noch..." anfangen. Ich sitze auf dem Schemele, das Oma mit grossen Rosen im Gobelin Stich bestickt hat und höre zu. Oma stickt und Lisi strickt und ich halte den Wollknäuel. Lisi strickt schnell, mit ganz kleinen Maschen, und ich muss aufpassen, dass ich gerade genug Wolle loslasse, sonst wird die Masche zu streng. Das Zimmer von Oma und

Lisi ist da wo Frieden ist. Hier gibt es keine Fremde. Manche kann ich nicht ausstehen und muss aber nett sein. Manche mag ich so gerne, dass ich weine, wenn sie wieder wegfahren. Jetzt schaue ich sie garnicht mehr an, wenn sie ankommen und gebe meine Hand nur, weil ich es muss. Hier im Zimmer, im Schatten der riesigen Ahornbäume, ist Ruhe. Es ist so still, dass ich Lisis Ührle ticken hör. Oma faltet ihr Stickzeug sorgfältig zusammen und steht auf. Es ist Zeit für die Hörzu. Sie nimmt mich nicht mit. Ich laufe zu langsam. Auch auf dem Weg zur Kirche, muss ich neben Oma und Lisi herrennen, obwohl sie beide klein, dünn und sehr alt sind.

Das Spielwarengeschäft, das die Hörzu verkauft, ist ganz oben auf der Nebelhornstrasse. Im Schaufenster läuft eine Nebelhornbahn und auf der anderen Seite ist ein Schaukasten voller Kuckuksuhren. Es brauchte ewig lang, mich davon wieder wegzuziehen, als ich noch kleiner war.

Lisi kauft mir kleine Beutel mit Briefmarken aus der ganzen Welt. Sie hat mir ihre Briefmarkensammlung gegeben. Aber die sind alle braun oder grau. An Weihnachten habe ich ein Album bekommen, in dem ich die neuen Marken sortiere. Wenn sie mich mitnimmt, darf ich das Säckle aussuchen. Ich nehm immer die Sammlung, wo mehr aus Costa Rica drin sind. Schmetterlinge, Blumen und Tiere in leuchtenden Farben sind drauf. Wenn Oma mich mitnimmt, kauft sie mir das MickyMaus Heftle. In dem letzten war ein Artikel über Urwälder. In der Enciclopedie im Bücherregal sind zwei Abbildungen. Ich weiss genau in welchem schweren Band sie sind. Das dünne Papier, das die Seite beschützt, bappt ein bissle. Man muss es vorsichtig abziehen und dahinter erscheint eine ganze Welt voller Pflanzen und Tiere, die auf kleinstem Raum zusammen leben. Nur die Stämme der Bäume sind zu sehen, aber darauf ist eine Welt von Lianen und Moos, Pflanzen voller Blüten, die sich an der Rinde festhalten. In dem Artikel in dem Micky Maus Heftle stand, dass ein Hektar Regenwald in Brasilien

4 Mark kostet. Ich konnte es kaum erwarten bis Papa heimkam. Stolz gab ich ihm meine Spardose von der Bank und mein Sparbuch. Ich hatte genug für 31 Hektar Regenwald. Aber Papa schüttelte den Kopf und sagte, er könne mir den Wald nicht kaufen. Das ist nicht möglich. Papa kann alles. Lisi sagt immer, man muss immer Träume haben, aber nie Erwartungen, die führen nur zu Enttäuschungen. Das habe ich schon an Weihnachten endlich verstanden, als meine erwartete Negerpuppe, weiss war. Mama hatte eine Negerpuppe, als sie klein war und musste sie ihrer kleinen Schwester geben. Sie hat sogar ein Photo davon.

Oma holt ihren schwarzen Pelzmantel aus dem Schrank und schlüpft in ihre kleinen Schuhe. Ich kenne die Geschichte des Mantels. Ihr Papa hat beiden Schwestern in München den gleichen gekauft zur Hochzeit von Oma… als sie noch im Trettach waren. In meinen Gedanken ist das Trettach wie ein Schloss, voller Licht mit dem Glanz von Kristalleuchtern und Spiegeln mit goldenen Ramen. Darin lebten Oma und Lisi wie Prinzessinnen. Erst vor

kurzem hat mir Papa gesagt, dass das Nebelhornbahn Hotel, das Trettach war. Wenn sie die
Hörzu holen, schauen weder Lisi noch Oma, in
die Richtung der anderen Strassenseite. So muss
sich Eva gefühlt haben, als sie aus dem Paradies
verbannt wurde.

Lisi schaut aufs Ührle. Oma ist jetzt sicher
schon im Geschäft. Einmal war die Hörzu
ausverkauft. Aber jetzt passiert das nicht mehr.
Der Besitzer legt immer eine für sie zurück. Er
rollt die Zeitung sorgfältig auf und macht ein
Gummiband darum. Das kommt nachher in die
Schublade auf der linken Seite für meine Zöpfe
wenn ich wieder einmal eines verloren habe.
Oma hat kurze Locken, aber Lisi hat einen ganz
langen Zopf. Am Ende ist er so dünn wie eine
Schnur. Sie hat ihre Haare noch nie geschnitten.
Das dünne Ende ist sicher noch aus der Zeit,
bevor sie als kleines Mädchen Polio hatte. Sie
erzählt mir die Geschichte wieder bis Oma
heimkommt.

Sorgfällt rollt sie das Gummiband herunter
und macht die Hörzu auf. Wir sitzen zusammen
an dem runden Tisch und schauen schnell durch

die Seiten voller Photos von Schauspielern. Das Programm kennen wir auswendig. Danach darf ich mich wieder auf das Schemele setzen und einen Artikel vorlesen, während Lisi strickt und Oma stickt. Heute Abend wird Oma den Komisar unterbrechen, um von der Scheidung der Hauptschauspielerin zu erzählen. Draussen schlägt die Welt Wellen. Aber hier in Omas und Lisis Zimmer ist die Welt ruhig und tief.

Wecktag

Die Stimme meiner Mutter kriecht in mein Federbett.

"Sie sind da. Schnell steh auf. Wir gehen zum Lädle."

Ihr Gesicht strahlt vor Freude. Ich zieh mich schnell an und nehm ihre Hand. Auf dem Weg zum Lädle muss ich rennen, so lange Schritte macht sie. Die Nachbarin hat den Lieferwagen gesehen und zu unserem Küchenfenster hinauf gerufen. Das Lädle ist zu. Der Eingang steht voller Kästen. Zwei andere Frauen sind schon da. Eine davon ist unsere Nachbarin. Alle drei sind ganz aufgeregt. Dann schliesst der Besitzer endlich die Tür auf und fängt an die Kisten auf die Ständer zu stellen. Die drei Frauen stehen ganz stolz da, als ob sie nicht aufgeregt sind. Ich mach es ihnen nach.

Der Besitzer bahnt sich einen Weg und stellt sich hinter die Kasse. Auf dem Ständer stehen sie, die Pfirsiche aus Griechenland, seit Wochen sehnlichst erwartet. Rote Backen haben sie auf ihren goldenen Gesichtern. Als eine Frau die Hand ausstreckt, wird der Hals vom Besitzer länger und seine Augen kleiner. Meine Mama zahlt zwei Kästen. Sie sind schwer. Ich halte mich an ihrem Rock fest. Beim Dünser muss sie die Kästen auf den Zaun stellen und erst einmal ausschnaufen. Die Nachbarin schiebt ihr Fahrrad an uns vorbei mit drei Kisten auf dem Gepäckständer. Sie hält sie so fest, dass ihre Knöchel ganz weiss sind. Sie strahlt. Meine Mama schwitzt, als wir daheim ankommen. Jetzt müssen wir in den zweiten Stock hinauf. Immer wieder hält sie im Stiegenhaus an, aber ich bleibe bei ihrer Seite.

Der Wecktopf steht wie neu neben dem Herd. Auf dem Tisch liegen die neuen Geschirrtücher und darauf glänzen die frischgewaschenen Weckgläser. Die nagelneuen Gummi liegen neben den Deckeln. Die Kästen sind in der Speisekammer. Immer wieder hab ich die Tür aufgemacht. Es riecht so gut da drin, aber Mama will, dass sie kühl bleiben.

Als wir heimkamen hat sie jeden in die Hand genommen und vorsichtig gedreht. Keiner hat eine Druckstelle von einer unsanften Hand. Jeder Pfirsich schaut aus wie die Sonne unter der er gereift ist. Golden mit einer roten Backe. Griechenland muss ganz in der Nähe sein, noch näher als Sonthofen, wenn die Pfirsiche die Reise so gut uberststanden haben. Mama nimmt den grössten und schönsten Pfirsich und gibt ihn mir. Ich brauche zwei Hände. Dann fängt sie an mit dem Schälen. Mit dem Messer zieht sie ihnen die Haut ab und lässt die Schale in die Schüssel für den Komposthaufen fallen. Vorsichtig schneidet sie den Pfirsich in zwei und zieht die Hälften auseinander. Innen ist ein roter Kem mit vielen Löchern. Die Haut von meinem Pfirsich fühlt sich an wie die meine. Er hat eine Backe so rot, sie ist fast blau. Vorsichtig zieh ich ein bissle Haut ab. Darunter glänzt das goldene Fruchtfleisch. Mir läuft das Wasser im Mund zusammen. Vorsichtig zieh ich mehr Stückle Haut ab. Meine Mutter hört auf zu schälen und streckt die Hand aus.

"Gibs her ich schäl ihn Dir."

Ich zieh ihn schnell weg und sage:

"Nein."

Mein Hals ist so lang wie der vom Besitzer vom Lädle. Meine Mama lacht und bindet mir ein nagelneues Küchentuch um den Hals. Ich ziehe weiter die Haut vom Pfirsich ab. Auf der roten Seite gehen grosse Stückle weg und rollen sich zusammen. Der Pfirsich glänzt golden in meiner Hand. Er rutscht und ich kann ihn kaum mehr halten. Jetzt beiss ich endlich hinein. Meine Augen sind zu und meine ganze Welt ist plötzlich süss und saftig. Der Saft läuft mir übers Kinn. Ich mach die Augen erst auf, als meine Zähne auf den Kern stossen. Meine Mama hat aufgehört zu schälen und schaut mich lächelnd an. Stolz ist in ihrem Lächeln und Glück. Wir sind reich. Ich sauge so lange an dem Kern bis kein Saft mehr herauskommt.

Als meine Mama viel später die Gläser aus dem Topf hebt, bin ich auf dem Küchensofa eingeschlafen. Eingerolllt wie ein Eichkätzle mit dem Küchentuch um den Hals und dem Saft des Pfirsich im Gesicht.

Der Emmentaler Blitz

Die Stufe der Kellertreppe ist eiskalt unter meinem Hintern. Papa werkelt an der alten Hobelbank. Ganz schummrig ist es im Keller. Der Schnee kommt. Am Kellerfenster sind in den Spinnweben nur noch die leeren Körper der Opfer vom Sommer. Die Spinnen schlafen schon irgendwo in den Löchern der Wand. Alles ist schwarz vom Ölofen, mit dem Papa im Winter sein Büro heizt. Er bruttelt. Stören darf ich ihn jetzt nicht. Aber zuschauen darf ich. Er wurschtelt unter der Stiege herum, wo ein Haufen alter Maschinen Staub und Russ angesammelt hat. Eigentlich sollen wir Koffer packen, denn Morgen fahren wir nach Spanien. Mama ist schon auf der Bank, um die Schweizer Franken, Französische Francs und besonder die spanischen Peseten zu holen. Vor einem Monat hat sie sie bestellt. Sie hat alles erledigt. Es fehlt nur noch der Koffer vom Dachboden. Aber Papa ist unter der Kellertreppe. Die einsame Glühbirne, voller Russ, gibt nur eine Flacke von

Licht auf der geschwärzten Bank. Bis in die Ecke reicht sie nicht. Aber Papa weiss immer, wo alles ist.

"Aha" Er hat es gefunden.

Ein paar Maschinen fallen auf den kalten Zementboden. Zusammen schauen wir den kleinen Motor auf dem Tisch an. Papas blaue Augen blitzen, wenn er eine Idee hat. Aber er gibt sie nur stückleweis her.

"Für den Emmentaler Blitz", ist alles was er bis jetzt freigibt.

Das macht die ganze Sache noch spannender.

Wir sind immer eine ganze Gruppe Autos aus Oberstdorf, die nach Benidorm fahren. Letztes Jahr hat ein Freund von Papa ein aufblasbares Gummiboot mitgebracht. Papa ging immer mit den Spaniern im Hafen zum Fischen. Oder er kletterte auf die Felsen am Ende der Bucht. Die Steine behielten viele der sorgfältig gewundenen Köder, die Papa das ganze Jahr lang machte. Oft kam er ganz bruttlig heim vom Fischen und natürlich ohne Fisch. Das alles hatte sich letztes Jahr geändert, durch das knallgelbe Schlauchboot. Zu dritt sassen sie drin, grad über dem Wasserspiegel.

Aber glücklich waren sie, als sie hinauspaddelten. Das einzige Problem war, dass jedes Mal ein Loch erschien und das Boot mit einer ganz lätschigen Seite und voller Wasser zurückkam. Aber irgendwann, am Ende der Ferien, voller Pflaster, hörten die Leck auf und die drei paddelten immer weiter aufs Meer hinaus und kamen oft sogar mit Fischen zurück. Vergessen war die Angst der Frauen, wie sie da auf dem Balkon standen mit Furchen auf der Stirn. Die Männer wurden gelobt und die Fische bewundert und gebraten. Das Gummiboot bekam den Namen Emmentaler Blitz.

Aber jetzt im eiskalten Keller erzählt Papa, dass der Motor auf dem Tisch vor uns, von einem Eisschrank vom Krieg stammt. Das Kellerfenster ist inzwischen dunkel und Mama ist sicher schon daheim und sauer. Mit ihrer frischen Dauerwelle vom Stenger, muss sie jetzt selber in den staubigen Dachboden klettern und den Koffer suchen. Papa zieht ein Stück Blech von hinter dem Tisch und fängt an zu zeichnen.

Mit einer Blechschere entsteht ein Kasten und aus einem Restle ein Propeller. Es ist jetzt saukalt und ich fange an zu zittern. Aber den Moment, wo er das Benzin in den kleinen Tank füllt und den Motor anlässt, will ich nicht verpassen. Papa schimpft und flucht und schliesslich spuckt der Motor etwas aus und knattert und raucht.

"Fritz" ‚ruft Mama von oben.

Ihre Stimme ist so kalt wie mein Hintern. Sie zieht mich die Treppe hinauf und in die Wohnung. Ich wäre lieber bei Papa geblieben. Immer wieder hören wir das Knattern im Keller und dann plötzlich Stille und ab und zu einen Fluch. Am nächsten Morgen sind wir wie immer die letzten die losfahren. Im Gräble hinter mir, im Käfer, liegt der Motor für den Emmentaler Blitz. Das ganze Auto stinkt nach Benzin. Papa raucht seine Pfeife. Das Fenster aufzumachen ist ausgeschlossen.. Die Dauerwelle vom Stenger…... So ist mir schon schlecht als wir beim Eltrich volltanken. Und am Alten Berg müssen wir anhalten.

Zum Glück steht neben mir, wie jedes Jahr, die Fresskiste. Ein grosser Karton voller Paprikachips und Schokolade, Landjäger und Laible. Theoretisch ist mir nicht schlecht solange ich esse. Drei Tage lang durch halb Europa.

Alle anderen sind schon da, als wir drei Tage später endlich in den Hof vom Los Ranchos fahren.

"Jetzt kommte der Fritz und entfaltet seine Resi", witzelt wieder einer.

Mamas lange Beine sind wirklich nicht für den Käfer geeignet. Stolz holt Papa den Motor aus dem Gräble. Papa und ich lassen ihn spät abends noch an. Oben hat der Kasten ein Loch.

"Damit der Motor Luft kriegt", sagt Papa.

Im Morgengrauen fahren die drei Freunde aufs Meer. Der Motor läuft. Stolz schauen sie aus. Wir stehen alle am Strand und winken. Vom Balkon aus, am Mittag, schauen sie ganz klein aus, nur ein Punkt auf dem grossen Meer. Mama hat eine Frurche auf der Stirn. Als die

Sonne immer schwächer wird, kommen auch die zwei anderen Ehefrauen. Die Polizei erwähnt keiner unter Franco. So werden die Gesichter immer schrumpliger. Die Sonne geht unter und wir sehen den Punkt garnicht mehr. Alle stehen wir am Strand, als unsere drei mit einem Paddel schliesslich in den Wellen erscheinen. Der Motor ist mitten im Meer gestorben und weigerte sich wieder anzulaufen. Knall rot von der Sonne, hungrig und durstig, sind sie sauer auf meinen Papa. Ich bin traurig für ihn. Er schaut ganz verknautscht aus. Er will garnichts essen. Im Morgengrauen hör ich die Tür und renn hinter ihm her. Unten steht der Emmentaler Blitz mit dem Motor. Die Freunde sind auch schon da. Nach und nach steht eine ganze Gruppe herum. Papa schaut den Motor grantig an. Wie konnte er ihm so eine Schand machen. Dann plötzlich sieht er etwas und flucht. Ein Kaugummi klebt auf dem Löchle. Papa hält ihn hoch. Er ist jetzt ganz rot im Gesicht.

"Du hast aus Versehen ein Loch gelassen und ich wollt nicht, dass da ein Wasser reinkommt", sagt der eine.

Der Rest des Urlaubs ist gut verlaufen mit vielen Fischen und dem Versprechen ganz nah am Strand zu bleiben. Ich war froh als ich vor mir die verschneiten Berge von Oberstdorf wieder aufstehen sah.

Der Küchenherd

Papa und ich kniebeln auf dem Boden vor dem Ofentürle. Ich bin noch im Skianzug, so wie gestern. Papa hat auch seine dicke Jacke an. Kalt ist es in der Küche. Das Küchenfenster ist dunkelgrau. Rauch kommt aus allen Ritzen vom Küchenherd. Papa schiebt meinen Kopf weg mit dem seinen und macht das Ofentürle auf. Es quietscht. Das ist morgens immer das erste Geräusch, das ich höre. Ein Schwall von Rauch kommt heraus und Papa flucht. Ich hab alles so gemacht wie Mama. Ein Blatt Zeitung und dünne Scheitle. Aber die Scheitle sind noch ganz gelb und sauber und auf dem Papier kann man immer noch Anz vom Allgäuer Anzeigeblatt lesen. Nur einen braunen Rand hat es. Unser Linoleum hat harte Hügel, da wo der Boden aus Fichtenholz einmal Äste hatte. Mein Knie tut weh und ich rutsch rüber. Aber aufstehen werd ich nicht. Dazu schäm ich mich zu sehr für gestern, und Papa auch. Er rollt die Holzschublade heraus. Fipsi, mein Meerschweinchen, zeigt ihre Zähne. Sie verteidigt ihr Nest aus Zeitungspapier, das sie so sorgfältig in Streifen gerissen hat. Sie würde Papa nie beissen, mich schon. Sie liebt Papa. Sie weiss immer, dass er es ist, wenn er unten die Haustür aufmacht. Dann quietscht sie, bis er heroben ankommt und sie aus der Schublade holt. Sie sitzt immer auf seinem Schoss während er seinen Kaffee trinkt und die Zeitung liest. Aber gestern trank er keinen Kaffee. Er las nur seinen Allgäuer.

Papa zieht vorsichtig einen ganzen alten Allgäuer unter Fipsis Nest heraus. Gleich drei Seiten bollt er zusammen und steckt sie ins Loch. Die Scheitle passen kaum mehr hinein. Dann holt er sein schönes Feuerzeug heraus und zündet das Zipfele Papier an das noch heraussteht. Schnell macht er das Türle zu. Der Küchenherd röchelt und wir warten. Stolz schaun wir uns an. Der Scham ist vorbei. Der Ofen rülpst und ein Schwall von Rauch kommt überall heraus, sogar um die Ringe herum.

So kennen wir unseren Herd garnicht. Er ist immer warm und brummelt ein bissle, wenns draussen schneit. Mama hat immer den Kaffeekessel voll heissem Wasser auf der Ofenplatte, für den Kaffee, zum Geschirr waschen und für die Suppe. Ach die Suppe.

Im Eck vom Küchenherd hinten vor dem Ofenrohr steht immer der Suppentopf. Darin ist ein Stück Fleisch, ein para Karotten und Zwiebeln. Der Klang, wenn sie den Deckel hebt ist wie eine Musiknote. Je nachdem, wer reinkommt aus der Kälte, kriegt eine Suppe. Mir macht sie immer schnell drei Pfannkuchen. Einen, den ich sofort essen darf und die andern zwei, sorgfältig in dünne Streifen geschnitten, für die Flädlesuppe.

Wenn jemand besonderes erwartet ist, wie Kurgäste, die spät ankommen, macht sie Griessknödel. Und für ihre Stammgäste, denen auf irgendeiner eingeschneiten Autobahn schon das Wasser im Mund zusammen läuft, wenn sie an Resis Suppe denken....denen schabt sie Leber, bis sie ganz fein ist auf dem alten Schnittbrett, das mein Opa recht gross gemacht hat für sie, aus den Fichten von seinem Wäldle. Diese Leber wird zu den besten Leberknödeln. Keine zamghockten. Sondern leicht und sanft schwimmen sie in der Suppe.

Als ich klein war, lernte ich sogar das Lesen mit den kleinen Nudeln, die zu Buchstaben in der Suppe wurden.

Aber jetzt ist der Ofen kalt und sein Rauch steigt an die Decke, die man kaum mehr sieht. Papa macht das Fenster auf. Es ist schon fast dunkel.

Gesten sassen wir um die Zeit am Küchentisch. Ich hatte den Fernseher angemacht und schaute hin ohne zuzuhören. Die Kinder im Skikurs waren müd und knatschig gewesen, der Schnee auch. Papa sass da in seiner dicken Strickjacke und lass den Allgäuer. Aber ohne Kaffee. Der grosse alte Kessel stand auf der kalten Ofenplatte. Gross war er mit Dellen. Stolz und silbrig glänzend stand er da, mit seinem schwarzen Boden…aber kalt. Mama war beim Doktor Sie hatte furchtbares

Kopfweh. Sicher musste sie warten, denn bei so einem Föhn ist das Wartezimmer voll. Sie sah besser aus, als sie die Küchentür aufmachte, aber dann schaute sie sich um.

"Nicht einmal ein Feuer habts ihr gmacht."

Diese furchtbare Enttäuschung ist der Scham, der uns jezt wieder auf die Knie bringt. Jetzt darf ich es noch einmal versuchen. Meine Hand entwischt Fipsis Zähnen und zieht schnell einen Allgäuer heraus. Normalerweise ist sie das liebste Meerschweinchen. Vorsichtig mache ich einen Bollen und wickle ein paar Scheitle hinein. Vielleicht hat Mama irgendsoeinen Zauberspruch, den sie mir später einmal übergeben wird…. flüsternd ins Ohr…

Das Streichhölzle geht an, ein gutes Zeichen. Das Papier brennt. Ich blass hinein und Funken fliegen mir ins Gesicht. Diesmal lass ich das Türle offen. Der Küchenherd räuchelt, aber die Flammen gehen jetzt an der Herdplatte entlang in Richtung Ofenrohr. Papa schaut mich stolz an and klopft mir auf die Schulter. Ich mach das Ofentürle zu und steh auf. Meine Knie tun mir schon sehr weh.

"Soll ich schon ein paar Scheitle nachlegen?" frage ich Papa.

"Warum nicht." sagt er.

Ich mach das Ofentürle wieder auf. Goldenes Licht kommt heraus. Das Hölzle ist schon ein bissle angebrannt, der Allgäuer verschwunden. Dann kommt plötzlich ein schrecklicher Rülpser das Ofenrohr herunter und ich huste vor Rauch und Asche. Grad in dem Moment geht die Tür auf und Mama kommt herein. Sie hängt den Kopf mit einem Lächeln, wie für ganz kleine Kinder. Und genauso fühlen wir uns, als sie noch im Mantel in die Hocke geht und die Schublade aufmacht, Fipsi sie ohne zu mucken einen Allgäuer holen lässt und sie das Feuer anzündet. Der Herd klingt wie ein glücklicher Kater. Der Kaffeekessel blässt Dampf aus seinem Schnabel, das Stückle Fleisch und die Zwiebel brutzeln im Kochtopf und Mama macht Pfannkuchen und gibt mir einen ganzen.

Die Roten Schuh

Meine Zehen tun mir schon jetzt weh. Bevor wir am Bahnhof ankommen, hab ich sicher Blasen in meinen neuen Schuh. Schön sind sie aus rotem Lackleder vom Schratt. Dumm schaun wir aus, wie wir unsere Fahrräder durch die enge Gasse schieben zwischen den ganzen Auswärtigen aus Sonthofen, Immenstadt und Blaichach. Meine Freundinnen kichern und drehn sich schnell um. Der Walser hat den Kopf gedreht und aus den Augenwinkeln zu uns hergeschaut. Schön ist er. Seine dunklen Locken glänzen in der

Mittagssonne. Ganz lange Wimpern hat er. Wir verstecken uns hinter den Blaichachern, die vor uns laufen. Ich merk, dass ich an der Ferse eine Blase krieg und würde am liebsten auf Fahrrad steigen. Aber wir sind Freundinnen und halten zusammen. Endlich kommen wir am Bahnhof an. Wir bleiben an der Ecke stehen und geniessen den letzten Blick auf unsere grosse Liebe, den Bub aus dem Walsertal. Im Einsteigen schaut er noch schnell zu unser herüber und grinst. Wir kichern und verstecken uns hinter einander. Er sitzt am Fenster. Sein bester Freund, der nie von seiner Seite geht, ist jetzt kaum mehr zu erkennen. Wir warten bis der Bus ins Walsertal abbiegt. Meine Freundinnen sind ganz aufgeregt. Heut hat er oft zu uns hergeschaut…und das schöne Hemd, das ihm so gut steht…

Endlich steigen wir auf unsere Fahrräder. Meine roten Schuh sind ganz staubig. Zum Mittagessen komm ich zu spät und der schöne Griesauflauf ist zusammengesackt. Meine Mama ist ganz traurig. Sie hat sich so beeilt rechtzeitig heimzukommen und kann mir nur noch beschreiben, wie luftig und hoch er war.

Am nächsten Morgen sind wir früh da, als der Bus aus dem Walsertal hinter den Bahnhof fährt. Es regenet in Strömen und wir fahren lieber mit dem Fahrrad und Schirm in die Schule. Dann können wir ihn vom Gangfenster aus sehen. Nass schaut er noch toller aus. In der ersten Stunde passen wir überhaupt nicht auf. In der Pause laufen wir brav hinter dem Walser und seinem Freund her. Wir tun so als wären wir mit einem Schulheft beschäftigt. Schlau sind wir.

Dann kommt der letzte Schultag und wir gehen zum letzten mal zum Bahnhof. Ausnahmsweise haben wir unsere Fahrräder daheim gelassen. So können wir uns besser unter die Auswärtigen mischen und sogar ein paarmal an dem jungen Walser vorbeilaufen. Ganz aufgeregt kommen wir am Bahnhof an. Wir stehen fast am Bus. So eine Schneid haben wir inzwischen. Dann steigen sie ein und der Bus fährt los, mit Mühe, als ob er so traurig ist wie wir. Alle sind aufgeregt und freuen sich auf die Ferien. Aber wir laufen eng zusammen in den Bahnhof hinein und kaufen Brauselutscher am Kiosk um uns aufzumuntern. Ganz still laufen wir an der Stempflekreuzung die Nebelhornstrasse hinauf. Noch nie war sie so lang und steil. Einen ganzen Sommer ohne den Walser zu sehen. Das ist wirklich zu schwer. Ich bin genauso traurig wie meine Freundinnen, aber für mich ist es noch schlimmer, denn ich trag ein Geheimnis und kann es mit niemandem teilen. Der Walser Bub ist schön und gross und selbstbewusst. ….Aber mir gefällt, seit Anfang an, sein bester Freund. Ich weiss was meine Freundinnen davon halten würden und kenne genau die Blicke mit denen sie auf mich herunterschauen würden.

Der Sommer wird heiss und jeden Tag müssen wir eine grosse Entscheidung fällen. Moorbad oder Freibergsee. Papa schaut in die Berge hinauf und sucht sie nach Gewitterwolken ab. Ein paarmal jagt uns eine aus dem Wasser des Freibergsees, obwohl wir grad erst angekommen sind. Schnell rennen wir durch den Wald und und kommen ausser Atem bei unseren Fahrrädern an. Vorsichtig gehen wir an den Blättern vom Krottenbleach vorbei. Vor Kreuzottern haben wir Angst. Wie vor den Blitzen, die jetzt schon auf den Hang fallen als wir schnell auf Loretto zu radeln.

Viel zu schnell ist der Sommer vorbei. Am Schulanfang stehen wir da, mit unseren Fahrrädern, am Bahnhof. Der Walser steigt aus. Seine Locken sind ihm geschnitten worden. Er ist gewachsen und seine Arme sind zu lang. Der beste Freund ist auch nicht mehr da. Eine Freundin hat gelernt wie man zu Puppet on a String tanzt und in der Pause hüpfen wir im Gang herum. Meine schönen roten Lackschuhe sind ganz ausgelatscht. Mein grosser Zeh hat ihnen eine neue Form gegeben. Der Lack hat Risse und Runzeln. Bald kommt eh der Schnee und nächstes Jahr sind meine Füsse viel grösser.

Viele Jahre später auf Heimaturlaub lud mich eine Freundin aus dem Walsertal zum Kaffee ein. Als ich Papas Käfer vor ihre Tür stellte, kam sie heraus.

"Ich hol bloss schnell einen Kuchen. Ein alter Freund ist da. Geh rein und red mit ihm, bis ich wiederkomm."

Auf einem Sessel sass ein junger Mann. Er war unverkennlich der beste Freund des jungen Walsers. Ich fühlte mich klein und unscheinbar. Er war nett und freundlich.

„Warst Du nicht im Gymnasium von Oberstdorf?", fragte ich schliesslich.

Er lachte.

„Ja das war ein Theater. Alle Oberstdorferinnen waren in meinen besten Freund verknallt."

„Und er ? In wen war er verliebt?"

Da lachte er noch mehr.

„Er fand das ganze Theater einfach blöd. Ich hätte bei den Mädle nie eine Chance gehabt. Es gab da eine, die mir gefallen hätte...."

„Wie hiess sie denn?", fragte ich ganz beiläufig.

„Das weiss ich nicht. Es ist schon so lange her. Ich kann mich nicht einmal an ihr Gesicht erinnern......Ich weiss nur noch, dass sie immer rote Schuhe anhatte."

Zeitfracht Medien GmbH
Ferdinand-Jühlke-Straße 7
99095 Erfurt, Deutschland
produktsicherheit@kolibri360.de